Джон П. Стрелекі

# ПОВЕРНЕННЯ ДО КАФЕ НА КРАЮ СВІТУ

John P. Strelecky

# RETURN TO The WHY CAFÉ

Джон П. Стрелекі

# ПОВЕРНЕННЯ ДО КАФЕ НА КРАЮ СВІТУ

Харків

Vivat
ВИДАВНИЦТВО

2023

УДК 821.111(73)
С84

*Серія «Художня література»*

Перекладено за виданням:
Strelecky, John P. Return to The Why Café / John P. Strelecky. — Windermere : Aspen Light Publishing, 2014. — 280 p.

Переклад з англійської *Марії Пухлій*

Дизайнер обкладинки *Рената Куртвелієва*

**Стрелекі Дж.**

С84 Повернення до кафе на краю світу / Джон П. Стрелекі ; пер. з англ. М. Пухлій. — Х. : Віват, 2023. — 304 с. — (Серія «Художня література», ISBN 978-966-942-826-4).

ISBN 978-966-982-246-8 (укр.)
ISBN 978-0-991-39201-8 (англ.)

Життя Джона назавжди змінилося після того, як він заблукав і потрапив у маленьке затишне кафе «Чому ви тут?». Чоловік провів там усю ніч і полишив це місце з новим поглядом на сенс буття загалом і на своє життя зокрема. Джон дуже здивувався, коли десятьма роками пізніше знову опинився в цьому кафе. От тільки цього разу в меню були три нові запитання. І відповісти на них уже мала Джессіка — випадкова відвідувачка, яка втратила життєвий орієнтир. Час, проведений у кафе, надихає Джона і Джессіку заглибитись у себе, звіритись зі своїми цінностями й жити справжнім та насиченим життям. Події, описані в цій книжці, повертають читачів у те місце, де завжди є смачна їжа і де ставлять запитання, які спонукають замислитися про найважливіше. Тож улаштовуйтеся зручніше й насолоджуйтеся поверненням до кафе на краю світу.

**УДК 821.111(73)**

ISBN 978-966-942-826-4 (серія)
ISBN 978-966-982-246-8 (укр.)
ISBN 978-0-991-39201-8 (англ.)

# ТВОРИ ДЖОНА П. СТРЕЛЕКІ

«Кафе на краю світу»

«Повернення до кафе на краю світу»

*Reconnection — A Third Visit to The Why Café* («Новий контакт: третій візит до кафе на краю світу»)[1]

*Life Safari* («Життєве сафарі»)

*The Big Five for Life* («Велика п’ятірка для життя»)

*The Big Five for Life — Continued* («Велика п’ятірка для життя: продовження»)

---

[1] Книжки із заголовками, поданими англійською та українською мовами, ще не опубліковані українською. (*Тут і далі прим. пер., якщо не зазначено інше.*)

*Ahas! — Moments of Inspired Thought* («Прозріння: моменти натхненної думки»)

*Ahas! — Volume II* («Прозріння: частина 2»)

*Ahas! — Volume III* («Прозріння: частина 3»)

*What I've Learned* («Чого я навчився»)

*How to be Rich and Happy* («Як бути багатим і щасливим», співавтор)

# ПРОЛОГ

Часом, коли цього найменше очікуєш і, певне, найбільше потребуєш, можна несподівано опинитися в новому місці з новими людьми й дізнатися щось нове. Так сталося зі мною вночі багато років тому в маленькому закладі, який лагідно звали «кафе “Чому”».

Після проведеної там ночі моє життя пішло таким шляхом, якого я навіть не уявляв. Я дізнався, що таке справжня свобода, і усвідомив, що вона — моє покликання.

Я ніколи не розумів, як або чому відвідав кафе саме тоді, коли його відвідав, а просто радів, що мав цю можливість.

Аж раптом одного дня я знов опинився перед тим кафе за просто неймовірних обставин. І візит туди вдруге спричинив у моєму житті зміни, за які буду вдячний довіку.

Ось історія мого повернення до кафе «Чому».

# Розділ 1

День був ідеальний: небо прекрасно блакитне, повітря тепле, але не задушливе. Я почувався як у раю. У певному розумінні я в ньому й перебував. Така вже атмосфера на Гаваях.

Усі мої плани на день зводилися до прогулянки на велосипеді. І все. Жодного графіка, жодного заздалегідь визначеного маршруту, жодного плану дій. Просто тривала прогулянка, під час якої я крутитиму педалі по випадкових дорогах і їхатиму туди, куди вестиме інтуїція. Тільки я, мій велосипед і рай, який потрібно дослідити.

Я провів так уже кілька годин і тепер гадки не мав, де перебуваю. А саме цього я й хотів.

У голові промайнула одна з улюблених пісень. Її виконує Джена Стенфілд. У цій пісні є такі слова: «Я не загубилась, я вивчаю місцевість». Вони ідеально годилися до моєї прогулянки. Багато в чому ці слова ідеально годилися до більшості моїх пригод.

Раптом я згадав одну з ночей, що минула багато років тому. Щоправда, тоді мені не здавалося, ніби я вивчаю місцевість. Я думав, що просто загубився. Та ніч змінила моє життя. Ніч, проведена в маленькому закладі, що звався «Кафе “Чому ви тут?”». То́му, який відвідувачі лагідно звали «кафе “Чому”».

Від тієї ночі змінилося дуже багато. Згадати, як я жив тоді, було складно. Здавалося, то було інше життя. То був інший я.

Я здолав поворот на дорозі й мигцем побачив океан. Такий неймовірно блакитний. Я уявив морську черепаху. Ще один зв'язок із тією ніччю в кафе.

Це було дивно. Кафе так ніколи й не покинуло мене по-справжньому. Проте вже давно я не згадував його так яскраво.

Ще два повороти. Ще два приголомшливі краєвиди.

Гаваям властива неймовірна суміш кольорів. Оскільки ці острови утворилися з вулканів, на них повсюди темно-чорний лавовий камінь. А потім, коли він розпадається, природа неначе хоче створити ідеальний контраст, і в новому ґрунті виростають найчарівніші зелені рослини. Додайте до цього бірюзову блакить океанських вод і міріади відтінків помаранчевого, червоного та інших яскравих кольорів різноманітних квітів повсюди — яка неймовірна втіха для очей.

«Чудово, — подумав я. — Як же чудово».

Останні десять місяців мого життя були сповнені *чудового*. Я спостерігав за китами на узбережжі Південної Африки, їздив на сафарі в Намібію, допомагав щойно вилупленим морським черепашатам утекти до хвиль у Центральній Америці. Кульмінацією моєї подорожі стала тримісячна мандрівка на велосипеді по Малайзії та Індонезії. Тепер, прямуючи додому, я на кілька тижнів зупинився на Гаваях.

Зрештою, коли опиняєшся так близько до раю... можна й побавитися в ньому.

Це була не перша моя спроба дослідити світ. Після ночі, проведеної в кафе багато років тому, я опанував новий підхід до життя. Я рік працюю, а тоді рік подорожую. Тоді знову рік працюю й рік подорожую. Більшості людей це здається дивним. Вони турбуються про стабільність і безпеку. Зате мене це влаштовує. Я зрозумів: людина, яка добре виконує свою справу, завжди потрібна. Здобути нову роботу для мене ще ніколи не було проблемою.

Ті самі люди, які вирішили, що моє життя дивне, часто кажуть мені, що залюбки спробували б пожити так, як я. Проте ніхто з них, за рідкісними винятками, ще цього не зробив. Навіть ті, хто казав, що було б дуже класно побути зі мною кілька тижнів, не спробували жодного разу.

Підозрюю, це надто сміливий стрибок у невідоме.

Я й далі крутив педалі. Бачив нові неймовірні краєвиди. Повітря було солодке від аромату квітів. На Гаваях мені дуже подобається запах квітів. Там наче дихаєш нектаром. Найчистіший взірець природи.

Ще дві милі — і я опинився в тій частині острова, якої ще ніколи не відвідував. Там місцевість була пласкіша. Праворуч я чув шум прибою. На дорозі трапилася розвилка. Або праворуч, або ліворуч.

«Вибери менш торовану путь, — подумав я. — Завжди вибирай менш торовану». Така була дорога праворуч. Я поїхав нею. Асфальт поступився місцем гравію, і я відчув, як м'язи напружилися, реагуючи на новий виклик. Мені подобалося таке відчуття — як у голові, так і в ногах чи якихось інших м'язах. Тоді я розумів, що на мене чекає пригода. Коли з'являється щось нове, щось захопливе, щось таке, що жене вперед.

Їдучи, я мигцем бачив крізь дерева воду. «Може, згодом піду поплаваю», — подумав я.

Прокрутивши педалі на гравійній дорозі хвилин із двадцять, я раптом відчув якесь дивне дежавю. Воно приголомшувало. Я ще ніколи не бував у цій частині острова. Та всетаки чомусь...

Просто намагаючись розібратися з цим почуттям, я побачив її. Трохи далі вздовж дороги, праворуч. Маленька біла будівля з гравійною стоянкою перед входом і блакитною неоновою вивіскою вгорі.

Я мало не впав із велосипеда й подумав: «Це неможливо». Однак, звісно, у кафе «Чому» немає нічого неможливого.

Я під'їхав ближче, і на моєму обличчі з'явилася усмішка. Скільки спогадів. Скільки цінних знань здобуто в цьому місці. Та що кафе робить тут і тепер? Раніше я точно бачив його деінде.

Я озирнувся. Поряд не було нікого, тож я добряче натиснув на педалі й збільшив швидкість. Хотів дістатися кафе, щоб воно не зникло, перш ніж увійду досередини.

Та не варто було тривожитись. За п'ять хвилин я опинився на місці, а воно нікуди не поділося. Я окинув його поглядом і сказав:

— Аж не віриться.

Біля входу була велосипедна стійка, тож я залишив там велосипед. Мій розум охопила цікавість. *Що це кафе робить тут?*

# Розділ 2

Трохи завагавшись, я швидко піднявся сходами на ґанок і відчинив двері до кафе. На них були дзвіночки. Такі самі, як попереднього разу. Вони задзеленчали, сповіщаючи про мій прихід.

Я ввійшов досередини й роззирнувся. Це нагадувало повернення в минуле. Кафе мало *точнісінько* такий вигляд, як майже десять років тому, коли я в ньому побував. Червоні дивани, сріблясті стільці, прилавок для сніданків... І все це досі здавалося новісіньким.

— З поверненням, Джоне.

Я поглянув ліворуч. Секунду тому там не було нікого. А тепер стояла людина. Кейсі, офіціантка, яка обслуговувала мене, коли я відвідав кафе попереднього разу. Тоді я всю ніч проговорив з нею, власником кафе та одним із клієнтів. Саме їхні концепції та ідеї змінили моє життя.

Кейсі всміхалась.

Я всміхнувся у відповідь.

— Привіт, Кейсі.

Вона підійшла до мене й тепло обняла.

— Давно не бачились.

Я кивнув, досі вражений тим, що опинився в кафе й тепер розмовляю з Кейсі.

— Маєш чудовий вигляд, — сказав я. — Зовсім... не змінилася.

Це була правда. Вона геть не постаріла.

Кейсі знову всміхнулася.

— Ти теж маєш чудовий вигляд, Джоне.

Я оглянув кафе.

— Аж не віриться, що я тут. Сьогодні вранці думав про кафе, дуже багато. Але знайти його в цьому місці...

— Ми часом переїздимо, — сказала Кейсі. Ніби це бездоганно пояснювало, чому достоту таке саме кафе, яке я відвідав багато років тому, тепер стояло за тисячі миль від того місця, де я відвідав його вперше. Уже не кажучи про те, що воно, на перший погляд, геть не змінилося.

— А може, ми продаємо франшизу, — додала вона і знов усміхнулася.

Я розсміявся. Кейсі жартувала з мене через те, що я сказав минулого разу. Як вона це запам'ятала?

Кейсі показала рукою на один столик, оточений диванами.

— Не хочеш сісти?

Я плавно опустився на місце, провівши руками по оббивці. Дивани здавалися новісінькими.

— Тобі щось принести? — спитала Кейсі й поклала на стіл меню.

Я всміхнувся. Згадав меню. Воно мало чарівний текст, який то з'являвся, то зникав. Я взяв меню.

Коли я був у кафе востаннє, на звороті було три запитання.

Чому ви тут?
Чи боїтеся ви смерті?
Чи вдоволені ви?

Я перевернув меню. Вони були на місці. О, як же змінилося моє життя завдяки цим трьом запитанням...

— Тепер у тебе все трохи інакше. Чи не так? — запитала Кейсі.

Я поглянув на неї й усміхнувся.

— Так. Геть інакше. Набагато краще.

— Наприклад?

Я похитав головою.

— Ох, і з чого ж почати?

Кейсі плавно опустилася на диван навпроти мене. Простягнула руку й накрила долонею мою долоню.

— Як щодо того ранку десять років тому, коли ти покинув кафе?

# Розділ 3

Я повернув долоню й ніжно потиснув руку Кейсі. Її рука була тепла. Кейсі була реальна. Я справді повернувся в кафе.

Я злегка похитав головою, не вірячи собі, а тоді всміхнувся й почав:

— Що ж, подивімось... Минулого разу, озброєний меню, яке ти мені дала, шматком полунично-ревеневого пирога від Майка й цілком новим баченням життя, я вийшов із цього закладу в абсолютно нову реальність.

Та ніч мене змінила. Те, що я дізнався, до сьогодні впливає на безліч аспектів мого життя. Історія про зелену морську черепаху, оповідка про рибалку, розмова з Енн про те, як вибрати варіант реальності... Усе це відіграє дуже важливу роль у моєму нинішньому житті.

Кейсі всміхнулася й відкинулась на спинку дивана. Кивнула на вхід до кафе:

— Минулого разу ти ввійшов у ці двері не таким щасливим.

Я всміхнувся й собі.

— Тепер усе краще. Власне кажучи, так краще, що мені важко згадати, яке було моє життя колись. Тобто мені справді треба добре подумати, щоб згадати, яким складним життя здавалося тоді.

— Отже, ти покинув кафе, а що сталося потім?

— Дещо змінилось, — я знизав плечима. — Змінився я. Мої переконання, вчинки, підходи... Деякі зміни були дрібні, деякі — незмірно масштабніші. Я пішов звідси й невдовзі покинув своє заняття, вирішивши подивитися світ.

— Справді?

Я кивнув.

— Я вже давно про таке мріяв. Однак це завжди здавалося великим божевіллям. Проте, повернувшись із кафе, я став відкритішим. Гадаю, раніше, зустрічаючи людей, які робили щось неймовірне, я оточував себе стінами. Знаходив мільйон причин, щоб нізащо не робити цього. Побувавши тут, я почав дивитися на цих людей інакше. Вони перестали бути загрозою. Тепер це були мої поводирі. Гадаю, раніше я був невпевнений у своїй сутності.

Страшенно боявся видатися дурнем чи знітитися, бо не знав дечого й не питав. Або й гірше: я навіть не хотів братися до навчання. Хай там як, повернувшись звідси, я знов і знов зустрічався з цікавими людьми, які подорожували світом. Я взяв і, відклавши трохи грошей, так само пустився в мандри.

Кейсі кивнула.

— І що?

Я всміхнувся.

— Усе було так чудово, що мені й за п'ятдесят життів не пояснити. Тобто це також повністю змінило моє життя. На нашій планеті є *безліч* неймовірних місць. А ще можна здобути не менш чудовий досвід. Я вже мовчу про уроки, які можна отримати.

# Розділ 4

Ми з Кейсі проговорили майже годину. Я розповів їй про місця, у яких побував, і про деякі свої пригоди. Поїздка на сафарі в Африці, видирання на Великий китайський мур, дослідження джунглів Борнео, вештання пам'ятками давнього Риму... У мене склалося враження, ніби Кейсі знала багато тих місць, про які я говорив. Щось підказувало, що вона теж мандрівниця. Однак у Кейсі було повно запитань.

— А що в тебе? — урешті спитав я. — Досі я говорив майже весь час. Що ти робила?

— Ну, як ти, напевно, помітив, ми сьогодні не на тому місці, де були, коли ти завітав до нас востаннє.

— Саме це мене й цікавило.

Вона кивнула.

— Це не просто так. Сьогодні дещо станеться.

— Що саме?

Тут на стоянку заїхала біла автівка.

Кейсі поглянула на неї у вікно.

— Джоне, ти багато знаєш про кулінарію?

— Та ні. Ну, мабуть, подужав би приготувати ваш стандартний сніданок. А що?

— Майк сьогодні трохи спізниться. Мені б не завадило трохи допомоги на кухні, — Кейсі кивнула на машину, що зупинилася. — Здається, у нас перший клієнт.

Я міг сказати «ні» з безлічі причин. Я ще ніколи не куховарив у кафе. Умів готувати лише кілька страв. Не працював там насправді... Але чомусь усе це видавалося цілком нормальним.

Я всміхнувся.

— Що ж, якщо клієнт замовить панкейки з чорницями чи грінки з ананасом, у нас усе гаразд. Якщо йтиметься про щось інше, я не можу пообіцяти багато.

Кейсі відповіла мені усмішкою.

— Сподіватимемося на щось таке. — Вона знову поглянула на автівку. — Може, підеш оглянути кухню? Я зазирну до тебе за кілька хвилин.

# Розділ 5

Кейсі побачила, як із машини вийшла жінка. За гавайськими мірками вона була вдягнена надто ошатно. Діловий костюм, високі підбори, волосся, зібране шпильками... А головне — у неї був дуже виснажений вигляд. До того ж жінка намагалась одночасно зачинити дверцята машини, сховати ключі й відповісти на дзвінок.

Зачинити дверцята їй вдалося, але вона ненароком зронила ключі на гравій. Кейсі почула, як жінка чортихнулася, нагинаючись по них. Нагнувшись, вона впустила ще й телефон. Кейсі всміхнулася.

Успішно підібравши ключі й телефон, жінка пішла до дверей кафе. Телефон вона знову піднесла до вуха. Піднявшись сходами, щоб увійти, жінка згадала, що не замкнула дверцят машини. Почала вовтузитися з ключами — і впустила їх ще раз.

На її обличчі відбилося роздратування. Урешті, повернувши собі ключі, вона таки замкнула машину з гучним «бі-біп».

Жінка відчинила двері кафе й притиснула телефон до вуха, неначе намагаючись краще чути.

— Не чую! — голосно сказала вона. — Сигнал жахливий. Я не... я не...

Жінка поглянула на телефон. А тоді, роздратовано зітхнувши, вимкнула його.

— Привіт, — спокійним голосом мовила Кейсі. Досі вона стояла біля входу, стежачи за всім цим.

Жінка здивовано підвела погляд.

— Привіт. Вибачте. Я просто... ну... — Жінка похитала головою. — Я намагалася завершити виклик, але сигнал раптом зник.

Кейсі кивнула.

— Атож, тут часом таке буває. — Усміхнулася. — Чим можу вам допомогти?

Жінка роззирнулася довкола. Вона оцінювала ситуацію. Залишитися? Піти? Її вбрання й поведінка вказували на те, що вона шукає чогось іншого. Інакшого закладу, не *забігайлівки*. Її очі й міміка підказували, що це кафе не для неї.

Однак тоді Кейсі побачила це. Миттєвий спалах в очах гості. За глянсовим фасадом ховалося справжнє *щось*, яке казало: «Зостанься ненадовго».

— Якщо просто їхати далі ще хвилин із двадцять, можна знайти безліч інших закладів, — підказала Кейсі. — Там ваш мобільний ловитиме краще.

Вона пропонувала вихід.

Жінка завагалася. Їй величезною мірою хотілося вийти за двері. Та все ж нікуди не зникало це відчуття...

— А можете трохи побути тут, — додала Кейсі. — З'їжте щось, а тоді вирішите.

Кейсі злегка кивнула на диван біля вікна.

— Отам є добре місце.

Жінка поглянула на Кейсі. А та поглянула на неї.

— Гаразд, — відповіла гостя за кілька секунд, а тоді злегка похитала головою, ніби намагаючись очистити думки. — Гаразд, дякую.

Вона сіла на диван.

— Я дам вам кілька хвилин, щоб розглянути це, — сказала Кейсі й поклала на столик меню. — А тим часом не хочете чогось випити?

— Кави. Чорної.

— Зараз буде.

Кейсі розвернулася до кухні. На її губах заграла усмішка.

# Розділ 6

Кейсі ввійшла раніше, ніж я закінчив оглядати кухню.

— Як справи? — запитала вона.

— Ну, я знайшов гридль, холодильник і посуд.

— І фартух, — додала Кейсі.

— І фартух, — сказав я, опустивши погляд. — Сподіваюся, Майк не буде проти. Я побачив фартух ззаду на дверях, і він мене покликав.

— Упевнена, що Майк аж ніяк не буде проти, — мовила Кейсі.

— Що там із нашою клієнткою?

Кейсі дуже таємничо всміхнулася.

— Ще замало часу минуло, щоб сказати. Залишайся на зв'язку. — Кейсі показала мені за спину. — Утім, вона хотіла б філіжанку чорної кави. Не передаси мені кавник?

— Я не міг знайти каву, — відповів я. — Саме її шукав, коли ти зайшла.

Кейсі показала мені за спину, і я повернувся. На кавоварці, якої, як я був *переконаний*, не було там ще двадцять секунд тому, стояв новісінький, свіжісінький кавник із напоєм.

— Ти впевнена, що тобі потрібна моя допомога? — спитав я й узяв кавник. Тепер мені згадалося, що в кафе дещо було не таким, як здавалося.

— Цілком, — відповіла Кейсі й забрала в мене кавник, узявши також із сушарки неподалік порожню чашку. Усміхнулася. — Зачекай тут. За хвилину повернуся.

# Розділ 7

Кейсі підійшла до столика. Гостя морочилася з телефоном, хоч сигналу не було. За звичкою.

— Ось, будь ласка. Філіжанка свіжої кави. Чорної. Наш особливий гавайський бленд, — сказала Кейсі. Поставила чашку й налила туди кави. — Досі не ловить, еге ж?

— Ні, — відповіла жінка дещо нервово.

Кейсі поставила кавник і простягнула руку.

— Я Кейсі. Ви тут уперше, так?

Жінка сторожко простягнула руку й потиснула руку офіціантки.

— Так. На жаль, я трохи заблукала. Ще ніколи не була в цих місцях. Я Джессіка.

— Що ж, Джессіко, рада, що ви тут. Вітаю.

Кейсі потягнулася й забрала меню зі столика, за яким раніше сиділи ми з нею.

— На той випадок, якщо захочете трохи тут посидіти, — сказала вона й поклала меню поряд із гостею.

Джессіка позирнула на обкладинку меню. Там був напис. Під витисненим «Ласкаво просимо до кафе “Чому ви тут?”» містилася маленька примітка: «Перш ніж зробити замовлення, просимо запитати в наших офіціантів, що може означати ваш візит сюди».

Джессіка показала на ці слова й поглянула на Кейсі.

— Я не розумію.

Кейсі всміхнулася.

— З роками ми помітили, що люди, трохи побувши тут, починають здаватися дещо інакшими. Тож тепер ми намагаємося поступово призвичаювати їх до кафе «Чому ви тут?». Допомогти їм зрозуміти, чого тут можна очікувати.

Джессіка спантеличено поглянула на Кейсі.

— Усе одно не розумію.

— Часом людина кудись приходить, просить кави й отримує каву. Часом просить каву, а зрештою отримує незмірно більше, ніж очікує. Наш заклад — із тих, де отримують незмірно більше, ніж очікують.

Джессіка видавалася спантеличеною.

— Подивіться, що там є, і скажіть, чи зацікавило вас щось, — попросила Кейсі й торкнулася меню. — Я дам вам кілька хвилин.

Коли Кейсі розвернулася й подалася геть, Джессіка розгорнула меню.

«Дивне місце, — подумала вона. Знову поглянула на мобільний. Сигналу досі не було. — Не можна навіть перевірити, чи є відгуки клієнтів цього кафе».

— Так, у цьому розумінні ми трохи осторонь усіх.

Це сказала Кейсі. Вона зібрала кілька речей з іншого столика й тепер ішла повз Джессіку до кухні.

— А втім, це дає змогу дослухатися до інтуїції. Усе одно вона сильніша, — додала Кейсі й усміхнулася.

Джессіка невпевнено всміхнулась у відповідь, не розуміючи, що Кейсі має на увазі. Гостя провела офіціантку поглядом до кухні й зачудувалася:

— Звідки вона знала, що я думаю?

# Розділ 8

— Як справи?

Я підвів погляд. До цього я дивився всередину холодильника, намагаючись ознайомитися з усіма продуктами в ньому.

— Мабуть, добре. Не знаю точно, чи готовий до цього.

— Якби не був готовий, тебе не було б тут.

— Як там наша клієнтка?

— Дуже схожа на тебе під час перших відвідин. Не знає, залишатися їй чи поїхати.

Я кивнув. Згадав, як воно було — сидіти в кафе й намагатися вмовити себе піти, хоч у душі все повторювало: «Залишайся!»

— Саме так, — відповіла Кейсі. — Вона сумнівається у своїй інтуїції так само, як і ти колись.

Я підійшов до полиці, на яку поклав свій наплічник, і дістав із зовнішньої кишені записник.

— Цікаво, що ти це кажеш. Почавши оглядати кухню й перебирати холодильник, почасти я був цілком упевнений, що мені краще сидіти там, — я кивнув у той бік, де стояли дивани.

— Але?

— Але один із найбільших уроків, які я засвоїв у мандрах, такий: довіряй інтуїції. Перебуваючи в незнайомому місці, спілкуючись незрозумілими мовами і вивчаючи абсолютно нові території, людина не має великого досвіду, на який можна спертися, коли приймаєш рішення. Однак щоразу, коли я довіряв інтуїції, виявлялося, що це правильно. Просто треба було зацитьнути на хвильку свій розум — і до мене доходило.

Кейсі кивнула.

— Так, незле, що в нас є вбудована система підказок. Кепсько, що більшість людей її вимикає.

Вона позирнула на записник у моїх руках.

— Що там таке?

— Ідеї, думки, здогадки... Мої осяяння. Побувавши тут минулого разу, я розробив маленьку систему. Коли виявляю щось значне, переживши осяяння, то пишу про нього в записнику. І роблю це негайно. — Я засміявся. —

На власному досвіді зрозумів: якщо не записувати всього в такому вигляді, у якому воно приходить, то я його забуваю.

— І що ти запишеш цього разу?

— Узагалі-то, цього разу я обводжу.

— Обводиш?

Я кивнув.

— Я казав, що в мандрах навчився довіряти інтуїції. І помітив це вже давно. Цього ранку, коли вагався, чи підмінити Майка, я не довіряв своїй інтуїції. Тому я обводжу.

Я розгорнув записник і прогортав його, доки не знайшов те, що шукав. А тоді накреслив велике коло.

Кейсі поглянула на мій малюнок.

— Ти обвів слова «довіряти своїй інтуїції». — Вона засміялась. — І, схоже, обвів уже не вперше.

Я теж засміявся.

— Ні, не вперше.

Слова «довіряти своїй інтуїції» оточувало зо два десятки кіл.

— І навіщо ти це робиш?

— Це чудове нагадування. Уночі або завжди, коли в мене є кілька вільних хвилин, я гортаю свій записник. Сильно обведені записи постійно привертають мою увагу. Це чудовий спосіб краще засвоїти те важливе, чого я навчився. Зрештою, сильно обведені поради стають для мене звичними, і я вже не обводжу їх так часто.

— То що сталося сьогодні?

Я всміхнувся.

— Навіть найкращі уми час від часу забувають, чи не так?

Кейсі засміялася.

— Узагалі-то, на мою думку, почасти річ у тому, що я повернувся в цей заклад. Досі дуже здивований, що перебуваю тут. Повернення трохи нагадує мені, ким я був, коли прийшов сюди вперше. Я дуже вдячний за ту ніч і за те, до чого вона мене привела. Водночас я вже не той хлопець. Отже, у певному розумінні я пристосовуюся до цієї нової реальності, у якій повернувся сюди, і до того, що я такий, який є. Це хоч трохи зрозуміло?

Кейсі визирнула з вікна.

— Цілком зрозуміло. І добре, що ти пам'ятаєш, як почувався, коли потрапив сюди вперше, бо є одна людина, якій треба про це почути.

— Хто вона?

— Наша клієнтка. Вона от-от піде, адже боїться залишатись.

Я визирнув у кафе з віконця замовлень. Жінка справді починала збирати речі.

— Зараз розберуся, — пообіцяв я.

— Ти впевнений?

Я всміхнувся й тицьнув пальцем у розгорнутий записник.

— Довірся моїй інтуїції.

# Розділ 9

— Привіт.

Гостя вже зібрала речі й намагалася встати з дивана, але зронила ключі під столик і ніяк не могла їх знайти.

Вона підвела голову й відповіла, явно збентежена:

— Ой, привіт.

— Дозвольте допомогти, — сказав я й узяв її ключі. — Ви вже йдете?

Вона не знала, що сказати. Це було видно.

— Ну, я... я просто...

— Можете піти, якщо хочете. Це не страшно. — Я всміхнувся й зазирнув їй у вічі. — Однак мені щось підказує, що зараз ви маєте бути саме тут. Ви теж це відчуваєте?

Жінка поглянула на мене, дуже спантеличена — я помітив це в її очах. У них було дуже багато страху й водночас дуже багато чогось іншого. Може, надії? Вона відвела погляд.

Я всміхнувся знову.

— Я Джон, — бадьоро сказав я й простягнув руку. — Тутешній шеф-кухар.

«Принаймні поки що», — додав я подумки.

— Щось підказує, що коли ви залишитесь і дозволите мені приготувати свій фірмовий сніданок, то десь за годину почнете бачити життя в абсолютно новому світлі.

Я сказав це безтурботно. Наче просто весело запрошував її на *дуже, дуже* добрий сніданок. Мені не хотілося лякати цю жінку тим, що вона, імовірно, *справді* піде звідси з абсолютно новим поглядом на життя.

Гостя завагалася. Я відчував, що вона досі збирається піти.

Я понизив голос і трохи нахилився до неї. А тоді спитав якомога милішим та чарівливішим тоном:

— Ви вмієте зберігати таємниці?

Вона мимоволі всміхнулася.

— Звісно.

— Сьогодні мій перший день на роботі. А ви — моя найперша клієнтка. Якщо підете, у мені можуть розчаруватися. — Я всміхнувся й зобразив тривогу. — Певне, навіть я сам трохи в собі розчаруюся.

Вона знову всміхнулася. Це давало плоди.

— Ви не хотіли б мати тягар на совісті, чи не так? Я знаю, що можу чудово цим займатись. І щось підказує, що, коли ви залишитеся, це стане моїм великим успіхом.

Жінка поглянула на мене. Я всміхнувся. Вона завагалась. А тоді знову поклала речі на столик.

— Дякую, — сказав я. — Ви не пошкодуєте. Я обіцяю.

Гостя сіла й узяла телефон. Знову звичка.

— Тут, узагалі-то, сутужно з сигналом, — зауважив я. — Проте поговорити можна чудово. Повірте.

Я кивком показав на меню на столику.

— Дам вам хвилинку ознайомитися з ним, а тоді повернеться Кейсі, щоб прийняти у вас замовлення. Гаразд?

Жінка кивнула.

Я розвернувся й подався назад, до кухні.

— Джессіка, — сказала вона.

Я розвернувся назад.

— Прошу?

Вона всміхнулася. Усмішка в неї була добра, щира. Така, яку не можна підробити. Джессіка вирішила залишитися не через мою історійку. Вона довіряла інтуїції, і тепер внутрішній голос завзято підказував їй, що це рішення правильне.

— Мене звати Джессіка, — повторила вона.

Я всміхнувся їй у відповідь.

— Радий знайомству, Джессіко. Дякую, що залишилися. Ви будете раді, що це зробили.

# Розділ 10

— Твоя черга, — сказав я, зайшовши на кухню через подвійні двері.

Кейсі засміялася.

— Хтось застосував свій шарм.

— Поки що все гаразд. Утім, якщо вона замовить не грінки з ананасом і не панкейки з чорницею, виявиться, що цей шарм прекрасний у теорії й нікчемний на практиці.

Кейсі всміхнулася й вийшла за двері.

— Отже, ви визначилися? — спитала вона, підійшовши до столика Джессіки.

Гостя кивнула.

— Побуду тут ще трохи. Щойно поговорила з вашим шеф-кухарем.

— Як минула розмова?

Джессіка всміхнулася.

— Він прикольний.

— Що він сказав, щоб вас переконати?

— Розумієте, я неначе намагалася вмовити себе піти. Не знаю насправді, що тут роблю, а ще мені треба виконати за сьогодні стільки зобов'язань... Але розмова з ним чомусь нагадала мені про певні обіцянки, які весь час даю собі, а потім неодмінно порушую.

— Які саме?

— Більше розслаблятися. Насолоджуватися життям. А якщо почуваюся невпевненою, то довіряти інтуїції.

Кейсі всміхнулася.

— Він обвів це для вас.

— Що? — спантеличено відповіла Джессіка.

— Згодом поясню. Або він пояснить.

Кейсі кивком показала на меню.

— Визначилися?

***

За кілька хвилин Кейсі підійшла до віконечка замовлень. Зірвала папірець, на якому записала замовлення Джессіки, і прикріпила його до круглого обертача. Поглянула на мене крізь віконечко й усміхнулася.

— Нове замовлення.

Коли вона відійшла, я наблизився до прилавка й крутнув колесо, щоб побачити бланк замовлення.

— Цей заклад складно не любити, — промовив я й усміхнувся.

Поклав бланк на обробний стіл біля плити й сказав собі:

— Зараз буде одна порція грінок з ананасом.

# Розділ 11

Джессіка провела поглядом Кейсі, яка понесла її замовлення на кухню, і подумала: «Усе одно вважаю, що цей заклад трохи дивний».

Вона знову взялася за телефон, але тоді згадала, що сигналу немає.

Поклавши телефон назад, Джессіка помітила в нижній частині меню крихітний напис. Меню лежало обкладинкою догори. Назва кафе, прохання розпитувати офіціантів, а тоді, у самісінькому низу, — стрілка. Поряд із нею написано: «Перегорни мене».

Джессіка перегорнула меню. У ньому не було нічого, крім трьох запитань.

Чому ви тут?

Чи граєтеся ви на своєму майданчику?

Чи є у вас УМО?

«Гаразд, це було дивно, а тепер стало дуже дивно», — подумала Джессіка. І прочитала запитання ще раз.

«Гадки не маю, чому я тут, востаннє гралася на майданчику в дитинстві, та й що це за фігня така — УМО?».

Джессіка перегорнула меню назад і взяла телефон. Сигналу не було. Вона це знала. І чому вона весь час бере телефон?!

— Часом звички ламаються довго.

Це була Кейсі.

— Ще кави?

— Звісно, — кивнула Джессіка й поглянула на телефон. — Мабуть, у мене залежність від цієї штуки. Здається, я бралася за нього з десяток разів, відколи сюди прийшла. Я, напевно, весь час так роблю, сама цього не усвідомлюючи.

Джессіка роззирнулася довкола.

— Тут завжди порожньо?

Кейсі похитала головою.

— Лише тоді, коли так треба.

Джессіка не зрозуміла. Вона знову потягнулася до телефона, а тоді згадала. Їй не хотілося мати дурний вигляд, тож Джессіка вдала, ніби тягнеться по меню, і перегорнула його. Знову ті три запитання.

— Бачу, ви їх знайшли, — сказала Кейсі.

— Кілька хвилин тому, — відповіла гостя.

— І що?

Джессіка не знала, що сказати.

— Гм... цікаво...

Джессіка сподівалася, що на цьому розмова закінчиться. Раптом їй стало дуже ніяково. Наче їй тут було не місце. На одну коротку мить жінка замислилася, чи не піти, знайшовши якесь виправдання.

Кейсі всміхнулася.

— Та нічого. Більшість людей не знає, що думати, коли бачить їх уперше.

Відчуття паніки почало вщухати. Кейсі здавалася дуже спокійною. Дуже обізнаною. Це одночасно збивало з пантелику і втішало.

— Що вони означають? — запитала Джессіка.

— Ну, як я вже казала, часом людина приходить кудись по каву й дістає каву. Часом отримує набагато більше. Зважаючи на ці запитання, я сказала б, що ви невдовзі матимете набагато більше.

Джессіка поглянула на неї. Ця офіціантка сильно збивала з пантелику, і байдуже, заспокоювала її присутність чи ні.

— А хіба не всім дають однакові меню? — запитала гостя.

— Та ні, усім, — відповіла Кейсі й усміхнулася. — Просто з різними запитаннями.

Тут задзеленчав дзвоник замовлень. Кейсі та Джессіка одночасно поглянули в бік кухні.

— Швидко, — зауважила Кейсі. — Дозвольте поглянути, що приготував вам Джон.

Вона відійшла від столика й попрямувала до кухні.

Джессіка тихо зітхнула. Розмова була дивна. Жінка почувалася дивно. Наче посеред п'єси вона зрозуміла, що не знає, якою має бути наступна репліка. Джессіка знов опустила погляд на меню.

Чому ви тут?

Чи граєте ви на своєму майданчику?

Чи є у вас УМО?

# Розділ 12

Кейсі підійшла до віконця замовлень. На ньому стояла таця, а на таці — миска з фруктами. Свіжа папая, скибочки лайму, подрібнений кокос, а зверху — листочки м'яти.

— Цікаві грінки, — зауважила Кейсі й усміхнулася мені.

— Маленька вранішня закуска. Комплімент від шеф-кухаря, — відповів я.

— Звідки ти знаєш, що вона любить папаю?

Я всміхнувся.

— Інтуїція. Я розглянув десяток варіантів із холодильника, але щось мені сказало: «Вибери папаю».

— Ясно.

Кейсі взяла тацю й принесла її до столика Джессіки.

— А ось і ваші грінки, — сказала вона й поставила тарілку перед гостею.

Джессіка поглянула на папаю, не знаючи, що й сказати.

— Жартую, — додала Кейсі й усміхнулася. — Просто перекуска до сніданку для вас. Комплімент від Джона.

Джессіка поглянула в бік кухні. Я побачив, що вона дивиться в мій бік, і помахав рукою. Джессіка дещо ніяково помахала у відповідь. Я засміявся. Під час перших відвідин кафе мені самому було ніяково махати комусь на кухні.

— Скажіть мені, смачний він чи ні, — попросила Кейсі. — Я вмираю з голоду й попрошу Джона зробити такий комплімент мені, якщо вам сподобається.

Джессіка вичавила на папаю лаймовий сік і наштрикнула один шматочок на виделку разом із частиною м'ятного листка. Поки вона жувала, її лице прояснілo.

— Смачно, — промовила вона, дожувавши. — Дуже смачно.

Джессіка позирнула на тарілку і, не встигнувши запевнити себе, що цього не варто говорити, сказала:

— Нізащо не з'їм і цього, *і* грінок. — Гостя обвела кафе поглядом. — Знаю, це звучить дивно, та, якщо вам більше немає про кого подбати, чому б не поїсти разом зі мною?

Кейсі всміхнулася.

— Ви впевнені?

Джессіка не була впевнена, але все одно ствердно кивнула.

Кейсі взяла з прилавка позаду себе тарілку й виделку, а тоді сіла на диван навпроти гості. Джессіка помітила, що тарілка й виделка були зовсім поряд. Здавалося, ніби Кейсі знала, що її запросять поїсти.

«Це неможливо», — подумала Джессіка.

— Що таке? — спитала Кейсі й усміхнулася.

Одну коротку мить Джессіка не розуміла, сказала вона «це неможливо» вголос чи ні. Вона була певна, що ні. Але...

— Ого, ви маєте рацію. *Справді* смачно, — промовила Кейсі.

Джессіка знову зосередилася на Кейсі, яка саме надкусила фрукт.

— Аякже! — відповіла вона.

Кожна з жінок відкусила ще по разу, а тоді Кейсі тицьнула пальцем у меню:

— Кілька хвилин тому, коли я підійшла до столика, ці запитання, здавалося, серйозно вас зацікавили.

— У меню такого зазвичай не знайти, — відповіла Джессіка. — Я навіть сумніваюся, що розумію їхнє значення.

Кейсі кивнула:

— Справді, такі запитання ставлять не надто часто. — Ще раз відкусила трішки папаї. — Проте вони серйозні.

Джессіка поглянула на запитання. У неї раптом виникло сильне бажання відкрити своє серце й розповісти цій офіціантці про все. Про смуток, розчарування, відчуття, ніби вона живе чужим життям... Ні, це сміховинно. Вона ж навіть не знає цієї жінки. До того ж усім байдуже. Таке просто тримають у собі, ідучи вперед.

Однак це відчуття не вщухало. То був тупий біль, що неначе виник нізвідки, а тоді розійшовся всім тілом.

— Що я тут роблю? — тихо спитала Джессіка.

Кейсі відірвала погляд від фруктів і пильно поглянула в її очі.

— Добре запитання. Добрий початок, — лагідно відповіла Кейсі.

Джессіка оглянула кафе.

— Де я? Що це за місце?

Кейсі всміхнулася.

— Ви в незвичайному місці, повному незвичайних можливостей.

Джессіка спантеличено поглянула на неї.

— Не розумію, що це означає. Звучить таємничо.

— Це і є таємниця.

Джессіка відчула це знову. Сильне бажання вилити душу. Це був біль, якась потреба з глибини душі. А тоді, сама не знаючи чому, вона заплакала й опустила погляд на стіл. За кілька хвилин мовчання поглянула на Кейсі.

— Я загубилася, — сказала Джессіка тихо. По її щоках котилися сльози. — Справді загубилася.

Кейсі кивнула.

— Знаю.

Джессіка підвела руку й витерла сльози з обличчя. На зміну їм хлинули нові.

— Як це — ви знаєте?

— Люди, які загубилися, приходять сюди, щоб їх знайшли.

# Розділ 13

Я поглянув на столик, за яким сиділи Кейсі та Джессіка. Схоже, Джессіка плакала. Вона здавалася розгубленою й невпевненою.

«Ласкаво просимо до кафе "Чому"», — подумав я.

Здавалося, Джессіка може піти. Мабуть, це для неї занадто.

— Побудьте тут ще трохи, — сказав я собі під носа. — Стане краще. Обіцяю.

Я чув, як позаду тихо шкварчала їжа. Час перевернути грінки.

Я знову розвернувся до плити й посунув те, що лежало на гридлі. Раптом виринули спогади про мою першу зустріч із кафе. Я згадав, що й сам думав, чи не піти геть. Однак не пішов. Так, цей заклад видавався трохи дивним. Так, запитання в меню збивали з пантелику. Однак здавалося, що тут щось абсолютно правильне. Тож я залишився. Цей вибір виявився добрим. Він змінив моє життя. Чомусь я знав: якщо Джессіка залишиться, з нею станеться те саме.

Озирнувшись на столик, я побачив, що Кейсі дивиться в мій бік. Вона кивнула й усміхнулася. Неначе знала, що я думаю. Я всміхнувся у відповідь, а тоді знову повернувся до плити й сказав собі під носа:

— Вітаю в кафе «Чому».

* * *

Джессіка витирала сльози серветкою. Плакати вона вже перестала.

Кейсі поглянула на неї.

— Сльози — це потужний сигнал. Вони означають, що щось має для вас значення. Часом це єдиний спосіб, у який серце може підказати решті нашого єства, що воно щось знає.

Джессіка кивнула. Вона не зовсім розуміла, що Кейсі має на увазі, але в цьому явно було щось правильне.

— Мені здається, що серце підказує вам побути тут ще якийсь час.

Джессіка знову кивнула й тихо сказала:

— Мені теж так здається.

Меню досі лежало на столі трьома запитаннями догори.

Кейсі тицьнула пальцем поряд із першим. Джессіка опустила погляд.

*Чому ви тут?*

— Що ваше серце каже зараз? — лагідно спитала Кейсі.

Джессіка підвела погляд.

— Моє серце здається порожнім. І воно стомилося від порожнечі. Воно каже мені, що в житті має бути щось більше, ніж серце, яке здається порожнім.

Кейсі всміхнулася.

— Звучить як чудова мудрість. — Вона трохи помовчала. — Кілька секунд тому ви поставили майже таке саме запитання, як у меню. Ви спитали: «Що я тут роблю?» Що ви мали на увазі?

Джессіка похитала головою.

— Якщо чесно, не знаю. Воно саме вирвалося.

Джессіка завагалася.

— А хіба в житті не має бути щось більше? Хіба воно не має бути веселе, цікаве чи захопливе?.. У житті я часто йшла пробоєм. А тепер сиджу тут і пла́чу в кафе на краю світу, розмовляючи з геть чужою людиною. І передусім відчуваю, що якимось робом щось пропустила. — Вона відвела погляд. — Тому що мені не весело, не цікаво, і життя мене геть не захоплює.

Кейсі всміхнулася.

— Ви любите океан?

Джессіка знову поглянула на неї.

— Колись любила. Це одна з причин, чому я приїхала на Гаваї. Хотіла, щоб мене оточував океан... хотіла відчувати його щодня.

— І що?

— Я його вже й не помічаю.

Кейсі знову всміхнулася.

— Ідіть за мною.

Кейсі встала з-за столу й узяла з прилавка тацю. Поставила туди тарілки, столове начиння, склянки та миску.

— Ну ж бо, — додала Кейсі й кивнула на двері у віддаленому кінці кафе.

# Розділ 14

Від побаченого Джессіці перехопило подих. Вона працювала в дуже дорогій офісній будівлі, звідки було видно розкішний куточок гавайського узбережжя. Там було напрочуд гарно. Однак геть не так, як тут. Це було щось ідеальне. Сама сутність того, що намагаються передати поштівки і про що мріють шукачі пригод.

За мить до цього вони з Кейсі вийшли з кафе крізь геть безневинні на вигляд двері у віддаленому кінці будівлі.

— Усі двері кудись ведуть, — сказала Кейсі. — А куди, дізнаєшся лише тоді, коли крізь них проходиш.

Ці двері, безумовно, кудись вели.

Вийшовши за них, жінки опинилися на найпрекраснішому пляжі, який Джессіка будь-коли бачила. Вода там мала розкішний бірюзово-блакитний колір. І, поки Джессіка споглядала, як хвилі утворюються, відрощують гребені, а тоді гучно падають, у білих баранцях і всередині хвиль з'явилося веселкове сяйво.

Пісок був неймовірний: блискучий, жовтувато-білий.

Джессіка опустила руку й набрала піску в пригорщу. Він був дуже чистий. Піщинки крихітні, м'які. Жінка випустила його крізь пальці.

Джессіка підвела погляд. Саме це вона уявляла, коли вирішила поїхати на Гаваї. На вітрі погойдувалися велетенські кокосові пальми. Вона відчувала запах океану.

— Де ми? — здивовано спитала Джессіка.

— У раю, — відповіла Кейсі. — А ще — позаду кафе «Чому». Це наша особлива посадкова зона з краєвидом на океан.

Джессіка озирнулася на кафе. Видно було лише задню стіну будівлі, двері, крізь які вони щойно пройшли, а далі — пісок.

Джессіка знову повернулася до океану й спантеличено поглянула на Кейсі.

— Не розумію.

Кейсі кивнула на кафе.

Джессіка озирнулася знову.

Цього разу вона побачила бамбукові столики та стільці, що стояли під солом'яним навісом, який тягнувся від кафе.

— Як... — заговорила Джессіка.

— Мало не забула, — усміхнулася Кейсі. — Треба сказати Джонові, що ми тут.

Вона підійшла до задньої стіни кафе. Тоді потягнулася до засува, що його, як Джессіка була впевнена, не було ще кілька секунд тому. За мить частина верхньої половини стіни опустилась та згорнулась у прилавок для замовлень, подібний до того, що стояв усередині. От тільки він виходив не з кухні до кафе, а з кухні на розкішний океанський краєвид.

— Я щось пропустив? — здивовано спитав я, коли кухонна стіна ззаду згорнулася.

— Уже не пропускаєш, — відповіла Кейсі й усміхнулася.

Я визирнув на пляж та океан.

— Ого! Оце так краєвид.

— Я подумала, що тобі сподобається. Може, обслугуємо Джессіку тут, а не в кафе? Гадаю, трохи цієї вільної енергетики буде їй на користь.

— Я згоден. Її замовлення майже готове.

Я знову визирнув на краєвид. Він був по-справжньому приголомшливий. Океан, пальми, пісок... Удалині я ледь-ледь розгледів двох людей, що гойдалися на хвилях. Вони сиділи на дошках для серфінгу. Якусь коротку мить, стежачи за ними, я міг заприсягтися, що один із серферів *помахав мені рукою*. Я трохи прикрив очі й поглянув ще раз, але обидва серфери вже стрімко здіймалися на хвилі.

«Не може бути», — подумав я.

# Розділ 15

Кейсі взяла замовлені грінки з ананасом із прилавка, куди я їх поставив. Принесла страву до столика, за яким сиділа Джессіка. У пляжній зоні на задвір'ї поганих місць не було. Проте з-за столика, який вибрала Джессіка, краєвид розгортався не найкращий.

— Якщо хочете, можете спокійно зайняти котрийсь із них, — сказала Кейсі й кивнула на два столики з найкращим краєвидом.

Джессіка поглянула на них і завагалася.

— Ні, усе гаразд, — відповіла вона за мить. — Усе нормально.

Кейсі всміхнулася.

— Ви впевнені?

Джессіка знову завагалася. Ще раз поглянула на столики.

— Ні, справді, усе гаразд. У мене все гаразд.

Кейсі кивнула.

— Хотіти чогось більшого за «гаразд» нормально.

Джессіка знову завагалася: у її голові почався внутрішній діалог.

Кейсі стояла й терпляче чекала, а за кілька секунд промовила:

— Може, посидите хвилинку чи дві за отим столиком і подумаєте, чи не сподобається він вам більше. Якщо не сподобається, зможете завжди повернутися сюди.

Це був саме той стимул, на який чекала Джессіка. Вона підвелася й подолала невелику відстань до одного зі столиків із найкращим краєвидом на пляж. Кейсі пішла за нею, досі несучи її їжу.

Джессіка сіла.

— Ну як? — запитала Кейсі.

Джессіка всміхнулася. Це була перша цілковито щира усмішка, яку Кейсі побачила у Джессіки, відколи та приїхала.

— Тут *справді* краще, — промовила Джессіка. — Дякую.

Кейсі поставила на стіл тацю з їжею. Водночас Джессіка зауважила:

— Не знаю, чому це роблю.

— Про що ви?

— Погоджуюся на щось нормальне. Я побачила цей столик. Дуже захотіла сюди підійти. І просто... — Джессіка замовкла.

— Часом це не так уже й важливо, — втрутилася Кейсі. — Те, що є, нас справді влаштовує. Проте часом ми заганяємо себе в закономірність, у якій готові погоджуватися на менше, ніж хочемо. Люди, які вечеряли тут, у кафе, зрозуміли: ті, хто весь час так чинить, не здобувають справжнього щастя.

— А просто здобувають щось нормальне, — додала Джессіка.

Кейсі всміхнулася.

— Саме так.

Кейсі взяла один за одним предмети з таці й поставила їх на столик.

— Поїхали, — сказала вона. — Грінки з ананасом, наша фірмова страва. А також, якщо готові спробувати щось особливе, домашній кокосовий сироп.

Джессіка кивнула.

— І нарешті — свіжовичавлений ананасовий сік.

Склянку з ним прикривала маленька парасолька з паперу та дерева. Джессіка взяла її й усміхнулася. На держак парасольки був наколотий кусень ананаса. Джессіка з'їла його, а тоді кілька разів розгорнула й згорнула маленьку парасольку.

— Я обожнювала їх, коли була мала, — задумливо сказала Джессіка. — У моєї матері їх було п'ять, і вона щоранку встромляла одну парасольку за сніданком у мій сік. — Жінка зітхнула. — Мама, напевно, мила їх сотні разів, але вони якось трималися купи. Не знаю навіть, де вона їх узяла. Наш район був такий бідний... Моїм братам було до них геть байдуже, але я дуже любила парасольки. Це була дрібничка, та чомусь... — вона зупинилася. — Чомусь це давало мені можливість щодня чогось чекати.

Джессіка знову розгорнула й згорнула парасольку, а тоді поставила на стіл далеко від себе.

— То було давно, — промовила вона збайдужілим голосом. Разом з емоціями в її голосі зникла й усмішка.

Кейсі кивнула.

— Приємно, коли можна щодня чогось чекати. Розумію, чому це багато для вас значило.

Кейсі переставила тацю на інший столик і сіла навпроти Джессіки.

— Можна дещо запитати?

Джессіка підвела погляд.

— Звісно.

— Ви полюбляєте допомагати людям?

— Тобто?

— Ви полюбляєте допомагати людям? Робити щось для інших? Допомагати їм?

Джессіка кивнула.

— Так.

— Вам легше допомагати іншим, аніж дозволяти їм допомагати собі?

Джессіка трохи схилила голову набік і всміхнулася.

— Так.

Кейсі кивнула й помовчала.

— Чому ви поводитеся так егоїстично?

Джессіка враз змінила позу — відкинулася на спинку стільця, віддаляючись від Кейсі.

— Що ви маєте на увазі? Я не егоїстична, — різко сказала вона.

Кейсі поглянула на неї з м'якою усмішкою.

— Чому ви полюбляєте допомагати людям?

Джессіка завагалася й заговорила ще раз — усе одно різко.

— Тому що вони *полюбляють*, коли їм допомагають? Це, це... — затнулася вона. — Це їм *допомагає*!

— Не сумніваюсь.

Джессіка відвела погляд, а тоді знову глипнула на Кейсі. Її голос трохи пом'якшав.

— Мені від цього добре.

Кейсі зацікавлено поглянула на неї.

— Мені від цього добре, — повторила Джессіка. — Коли допомагаю людям, мені стає добре. Тому полюбляю це робити.

Кейсі кивнула.

— Гадаю, те саме стосується більшості людей, які полюбляють допомагати іншим.

Кейсі не сказала більше нічого.

Джессіка поглянула на океан. Її обличчя пом'якшало.

— Я поводжусь, як егоїстка, так? Не даю іншим саме того, що полюбляю отримувати, — можливості добре почуватися.

Вона розвернулася до Кейсі.

— Я була такою протягом усього життя. Ніколи не хочу нав'язуватися. Ніколи не хочу когось обтяжувати... Тому завжди тікаю, коли мені пропонують допомогу. — Джессіка опустила погляд. — Ніколи не усвідомлювала, чого їм не даю.

Кейсі кивнула, показуючи, що її розуміє.

— Часто найважче щось прийняти саме тим, хто віддає найбільше, — усміхнулася вона. —

Аж доки вони не усвідомлюють того, що тільки-но усвідомили ви.

Джессіка поглянула на Кейсі.

— Чому ви мені це сказали?

Кейсі всміхнулася.

— Щось мені підказує, що ще до кінця дня це стане в пригоді.

# Розділ 16

З вікна на кухню віяв теплий вітерець. Я глибоко вдихнув океанське повітря й поглянув на хвилі. «Оце так, обожнюю Гаваї», — подумав я.

Кейсі та Джессіка сиділи за столиком і розмовляли. До кафе не прийшов більше ніхто, тож я стояв на кухні та їв грінки.

Я знову визирнув на океан.

— Серфери зникли, — сказав сам собі. Оглянув хвилі, але так їх і не побачив. Хвилі мали бездоганний вигляд, і я замислився, чи не можна орендувати тут дошку.

— Можеш узяти мою, — сказав чийсь голос.

Почувши його, я визирнув із віконця. Однак я вже знав, хто там.

— Майку! — вигукнув я й усміхнувся.

Я вже й забув, що він прочитав мої думки, бо так зрадів нашій зустрічі. Востаннє я бачився з ним, коли вперше прийшов у кафе.

Поруч із Майком стояла маленька дівчинка.

— Ти Джон? — запитала вона.

Я нахилився, спершись на прилавок, і поглянув на неї.

— Так, — відповів я й усміхнувся. — Як ти здогадалася?

— Тато сказав, що ти сьогодні будеш тут.

«Я *сам* не знав, що сьогодні буду тут, — подумав я. — І звідки він...»

— Я Емма, — відрекомендувалася крихітка.

Я знову зосередився на ній.

— Радий знайомству, Еммо.

Вона взяла Майка за руку.

— Можна піти привітатися з Кейсі?

Майк кивнув, і Емма побігла туди, де сиділи Кейсі та Джессіка. Він провів її поглядом до столика, а тоді знову повернувся до мене. Майк усміхався.

— Радий бачити тебе знову, Джоне, — сказав він і простягнув руку через прилавок.

Я потиснув її.

— А я радий повернутися. — Кивнув у бік океану. — Ви переїхали.

— Щось таке, — сказав він і всміхнувся ще раз. — Нас надихнув один клієнт, який говорив про франчайзинг. І незчулись, як...

Майк, як і Кейсі, згадав заувагу, яку я висловив, коли вперше потрапив у кафе.

Я засміявся.

— Цікаво, хто це був.

— Одна хороша людина, — відповів Майк. — Дуже хороша людина, яка невдовзі мала вирушити в дуже велику пригоду.

За столиком, де сиділи Кейсі та Джессіка, вибухнув сміх. Ми з Майком поглянули туди й побачили, як Емма дуркує. Вона, схоже, наслідувала якусь океанську тварину: щосили вирячувала очі й танцювала.

— Здається, відколи я був тут востаннє, велика пригода трапилася не лише мені, — зауважив я.

Майк знову повернувся до мене.

— Це найкраще, що я робив у житті. Не буду тобі брехати: це точно не для всіх. Однак для мене це досі було чудово.

— Скільки їй?

— Щойно виповнилося сім.

— Вона досить самовпевнена, як на семилітку. Хоча, зважаючи на те, з ким вона тусується, це мене не дивує.

— Емма чудова мала. Справді.

— Це вас із нею я раніше бачив на дошках для серфінгу?

— Нас. І після цілого ранку серфінгу ми більш ніж готові до великого сніданку. То що сьогодні в меню?

Я всміхнувся.

— Коли я був тут минулого разу, шеф-кухарем у цьому закладі був ти. Це вже не так?

Майк теж усміхнувся.

— Ну, якщо ти не проти, то сьогодні заправлятимеш балом сам. Час вивести все на новий рівень.

Я й не знав, що сказати. Про кулінарію мені було відомо небагато, тож я не сумнівався в цьому. Однак це здавалося правильним. У цій сцені загалом було щось правильне.

— Гаразд, — відповів я. — Аби тільки я міг просити в тебе поради в разі потреби.

— Домовились.

Я потягнувся назад і взяв кілька меню з прилавка.

— Не сумніваюся, що ти достеменно знаєш, що тут є, і можеш спокійно поглянути та сказати, чим я стану в пригоді.

Майк узяв меню й перевернув їх.

— А як щодо цього? — спитав він і показав на три запитання.

— Основа для розмови, що може змінити життя, — відповів я й усміхнувся.

# Розділ 17

Коли Емма побігла назад до Майка, Кейсі та Джессіка провели її поглядом. Емма розповідала їм про все, що сталося вранці. Під час серфінгу вони бачили, як із води вискочив плямистий скат. А ще, зловивши хвилю, пропливли зовсім поряд із дельфіном.

— Вона така жвава, — сказала Джессіка.

— Ага, — відповіла Кейсі й усміхнулася.

— Вона завжди така?

— Загалом, так. Майк дає їй чудові можливості для гри на власному майданчику.

— Майк — її тато?

— Так, он він.

Кейсі показала туди, де стояв Майк.

— Вони часто тут їдять?

Кейсі засміялася.

— Досить часто. Це його заклад.

— Ой.

Джессіка якусь мить постежила за ними, а тоді повернулася до Кейсі.

— Вибачте, — сказала вона й похитала головою. — Я чула вашу відповідь секунду тому, але відвернулася. Що ви сказали, коли я спитала, чи завжди Емма така енергійна?

Кейсі всміхнулась.

— Я сказала, що Майк дає їй чудові можливості для гри на власному майданчику.

Тоді Кейсі позирнула на меню, яке досі лежало на столі.

Джессіка поглянула туди ж, куди й вона. Меню лежало зворотом догори. На ньому були три запитання, які Джессіка вже бачила.

Чому ви тут?
Чи граєте ви на своєму майданчику?
Чи є у вас УМО?

Джессіка поглянула на меню, а тоді на Кейсі.

— Добре, — сказала вона. — Ви мене зацікавили. Що за історія з майданчиком?

— Ви гралися в дитинстві? — спитала її Кейсі.

— Ну, це було давно. Мені варто подумати. Ну, тобто...

Кейсі нахилилася вперед і поглянула на Джессіку. Через це та ненадовго замовкла.

— Пам'ятаєте, — сказала Кейсі, — як ми раніше говорили про людей, яким простіше допомагати іншим, аніж приймати допомогу? Це, зокрема, виявляє себе в тому, як неохоче вони говорять про себе.

Кейсі помовчала, щоб ці слова краще засвоїлись.

— Я питаю, бо щиро хочу це знати.

— Ясно.

Кейсі всміхнулася.

— Ви гралися в дитинстві?

Джессіка похитала головою.

— Небагато. — Вона трохи помовчала. — Дитинство в мене було непросте.

Кейсі зачекала, але Джессіка не стала пояснювати далі.

— Ви пам'ятаєте, що вам подобалося робити?

Джессіка відвела погляд. Здавалося, вона перебирає безліч давніх спогадів.

— Малою я гралася на гойдалках, — нарешті промовила Джессіка, а тоді знову повернулася до Кейсі. — У кінці моєї вулиці був парк. Коли вдома справи ставали геть кепськими, я бігла туди й бавилася на гойдалках. Інколи годинами. Мене завжди знаходили саме там.

Кейсі кивнула.

— Чому?

— Не знаю. Гадаю, то був мій прихисток. Там були дві гойдалки, прикріплені до велетенського дерева. У парк майже ніхто не ходив, тож я завжди гойдалася сама. Дерево було здоровезне й створювало затінок. Я розгойдувалась якомога вище, аж доки не відчувала порожнечі під собою. Вам знайоме відчуття, коли розгойдуєшся й опиняєшся на вершині дуги?

Джессіка зупинилася.

— Колись я хотіла втримувати цю мить і просто ширяти. Уявляла себе маленькою хмаринкою, що народжується. Здатною втекти в небо, якщо тільки навчуся вільно ширяти на кілька секунд довше. Тоді я могла б покинути все решту. Назавжди.

У куточку ока Джессіки почала набухати сльоза. Жінка швидко її витерла.

— Однак це неможливо. Хай як я старалася, хай як високо розгойдувалася, завжди поверталася донизу. Мені завжди доводилося повертатись.

— Тепер уже ні.

— Так, тепер уже ні. Я поїхала в сімнадцять і більше не поверталась.

— І відтоді ви завжди тяжко працювали.

Джессіка поглянула на океан.

— Завжди.

# Розділ 18

— Привіт, Кокосику.

Майк підхопив Емму й посадив її на табурет поряд із віконцем замовлення та прилавком.

— Це мене тато так прозвав, — пояснила Емма. — Він каже, що я маленькою була завбільшки з кокос.

Я всміхнувся.

— Ти привіталася з Кейсі? — спитав її Майк.

— Ага. І з Джессікою теж. Це її подружка, яка зараз із нею. Я розповіла їм про ската й дельфіна, яких ми бачили вранці.

— О, круто. Що ж, Джон — наш сьогоднішній шеф-кухар. Як щодо сніданку?

— Я згодна.

— Чого б ти хотіла?

Я сподівався, що вона скаже: «Грінок з ананасом».

— Гм-м. Як щодо омлету й панкейків із фруктами?

Майк кивнув.

— Чудовий вибір. Може, скажеш шеф-кухареві?

Емма крутнулася на стільці й поглянула на мене.

— Можна тобі допомогти?

Я поглянув на Майка.

— Я згоден, — сказав він, — якщо ти на це пристаєш.

Я повернувся до Емми.

— Як на мене, ідеально. Може, зайдеш, і ми приготуємо все разом?

Емма зіскочила зі стільця й попрямувала до дверей.

— Тобі щось приготувати, Майку? — спитав я.

Він усміхнувся:

— Як щодо грінок з ананасом? І якщо ти не проти, я, поки ви з Еммою куховаритимете, піду помию дошки для серфінгу.

— Та нічого. Ми тебе покличемо, як усе буде готове.

Я знову розвернувся до кухні й заходився дещо збирати. За мить двері відчинились і всередину ввійшла Емма. Я відразу помітив її ходу. Рухалася вона легко й енергійно, що я зрідка бачу в дорослих. Вона неначе йшла, танцювала й скакала водночас. Наче їй не терпілося дістатись туди, куди вона прямує.

— З чого почнемо? — спитав я.

— Я візьму інгредієнти, — відповіла Емма. — Різати я не люблю, то, може, це робитимеш ти?

— Звісно. Я різатиму, а ти мішатимеш?

— Гаразд.

Ми виклали всі інгредієнти на стільницю й почали готувати все для омлету, панкейків і Майкових грінок.

— Тато каже, що в тебе зараз пригода. Це правда? — спитала Емма.

Я кивнув.

— У певному розумінні.

— Яка пригода?

— Ну, коли я бачився з твоїм татом минулого разу, то не зовсім розумів, що робити в житті.

— Ти був засмучений?

— Ні, не зовсім засмучений. Радше гадав, що моє життя минає марно і я не роблю так багато веселого й цікавого, як хочу.

— Тому ти пішов шукати пригод?

— Ну, спершу я замислився, якої пригоди хочу. Потім, зрозумівши це, кілька років відкладав гроші, а тоді поїхав.

— Куди ти поїхав?

— Рушив у подорож навколо світу.

Емма здивовано поглянула на мене.

— Ти побачив *увесь* світ?

Я всміхнувся.

— Ну, я об'їхав світ. Повністю його не бачив. Однак відвідав багато різних місць.

— А ти був у ще якихось мандрах?

Я знову всміхнувся. В Емми була просто чудова енергетика.

— Так. Власне кажучи, я зараз вертаюся з однієї мандрівки. Я їздив у Африку, Центральну Америку та Південно-Східну Азію.

— Ти працюєш?

Я засміявся.

— Інколи. Після першої мандрівки вирішив, що так полюбляю подорожувати, що хочу робити це набагато частіше. Тож відтоді рік працюю, а потім рік мандрую. Знову рік працюю і рік мандрую.

— Напевно, ти добре заощаджуєш. Тато щотижня дає мені кишенькові гроші. Іноді я відкладаю їх на те, чого дуже хочу. А часом просто беру й витрачаю відразу.

— Ну, гадаю, тоді ти вже вивчила чудовий життєвий урок.

— Який саме?

— Коли знаєш, чого хочеш, відкласти на це гроші набагато легше.

— Це правда. Я дуже-дуже хотіла одну дошку для серфінгу. Тато уклав зі мною угоду. Сказав: якщо відкладу половину грошей на неї, другу половину дасть він.

— І ти її здобула?

Дівчинка енергійно закивала.

— Ота, блакитна. Я несла її, коли ми з татом підійшли.

— Важко було відкладати на неї?

— Часом — так. Ну, тобто я хотіла купити й дещо інше, наприклад таких маленьких пластикових поні, яких дуже люблю, і ще деякі іграшки... Однак я весь час порівнювала їх із дошкою для серфінгу, і дошку мені хотілося більше. До того ж якось сестра подружки дозволила мені взяти в неї дошку, саме таку, яку я хотіла... Після того відкладати гроші стало набагато легше. Бо, повір мені, спробувавши *ту* дошку, розумієш, що хочеш її найбільше.

Я всміхнувся. Емма була дуже жвава, коли говорила, і чесна.

— Зі мною й мандрами те саме, — сказав я. — Намагаючись з усім розібратись, я поїхав у Коста-Рику...

— Тато обожнює Коста-Рику! — вигукнула Емма.

Я знову всміхнувся.

— Пам'ятаю. Що ж, Коста-Рика була одним із перших місць за межами моєї країни, які я відвідав. І там було так добре, що після повернення додому було легше відкласти гроші на наступну поїздку.

— Це приблизно як у мене з дошкою.

Я кивнув.

— Ага. Майже так само.

Я висипав нарізане в миску й передав її Еммі.

— Гаразд, ти наша фахівчиня з мішання. Готова помішати?

— Готова!

Вона схопила ложку й почала дуже швидко мішати. З миски полетіли бризки.

Я засміявся.

— Може, варто залишити все *в* мисці?

Емма теж засміялась і почала мішати повільніше. А тоді показала ложку й оголосила:

— Можна готувати!

# Розділ 19

Кейсі придивилася до Джессіки.

— Дякую, що розповіли мені про гойдалки.

Кейсі трохи помовчала.

— Може, вам час повернутися на свій майданчик.

Джессіка похитала головою.

— Ні, я туди не повернуся. Ніколи. З цим покінчено.

Кейсі кивнула.

— Я не маю на увазі повернутися на те місце чи до тих людей. Може, вам час повернутися на особистий майданчик.

Джессіка поглянула через весь столик на Кейсі.

— Про що ви?

— Ви раніше казали, яка Емма енергійна. Яка вона жвава. Це приховане в усіх нас. Просто інколи ми забуваємо. Зачиняємо свій майданчик.

Кейсі помітила, що Джессіка спантеличена.

— Уявляйте це так, — заговорила Кейсі. — Дітям притаманне вроджене чуття того, що подобається і що не подобається. Може, їм подобається кататися на гірці, але не подобається лазити на майданчику. Або подобаються гойдалки, але не перекладини... Вони просто це знають. На їхню думку, якщо щось подобається, це цілком логічно робити. Якщо щось не подобається, цього не треба робити.

— Якби ж вони знали правду і як це змінюється, — сказала Джессіка.

— Ну, у цьому й притичина, — вела далі Кейсі. — Може, вони й *знають* правду. Тільки змінюємося саме ми.

Джессіка підвела погляд. Її щось зачепило. Вона обійняла себе руками й трохи ними потрусила.

— Що таке? — спитала Кейсі.

— Ой, нічого. Вибачте. Просто...

— Що?

— Ну, коли ви сказали, що вони, може, знають правду, а змінюємося саме ми... Мене раптом почало морозити. То пусте... справді.

— А може, це дуже важливо, — тихо сказала Кейсі. — Може, це *ви* говорите до *себе*. Кажете: «Слухай, ми щойно усвідомили дещо дуже важливе».

Джессіка не відповіла.

— У дитинстві ми знаємо, що нам подобається, — вела Кейсі далі. — Знаємо, які частини майданчика нас захоплюють. Стараємося щодня якнайдовше перебувати саме там.

— А що стається потім?

— Залежить від дитини. Дехто залишає майданчик відчиненим. З віком людина здатна змінювати розваги на ньому. Однак ніколи не забуває, що може провести життя граючись.

— А інші люди?

— До категорії «інших» належить переважна більшість людей.

— Що стається з ними?

— Ну, знов-таки, у всіх різні шляхи. Хтось дозволяє іншим казати, що йому вже не можна гратися. Чи що йому потрібно вирости. Його світ стає світом «мусиш», «потрібно», «не можеш», «не маєш», «повинен» і безлічі інших слів, які обмежують. Часом він навіть починає вживати ці слова сам.

— А що стається з майданчиком такої людини?

— З плином часу його використовують дедалі менше. Майданчик заростає бур'янами. На ньому виростає висока трава. Розваги починають губитися. У деяких випадках його обносять стінами.

— Стінами?

— Атож. «Я надто старий». «Я недостатньо хороший». «Я недостатньо розумний». «У мене замало часу...» Усе це — стіни, які стають між людиною та її майданчиком. І є ще десятки таких самих стін. З плином часу заростати починають навіть стіни. На них з'являються рослини, видираються лози. Стіни заростають так сильно, що люди навіть не пам'ятають про їхнє існування, не кажучи про майданчики за ними.

Кейсі поглянула на Джессіку.

— А часом люди замикають майданчики на замок.

Джессіка відвела погляд.

— Часом їм хочеться втекти від минулого якнайдалі. Біль від спогадів про те, що в них був майданчик і були мрії... дуже дошкульний. Тож вони не просто мурують стіни довкола своїх майданчиків, а й приходять до воріт і вішають на них великі замки. «Годі, — кажуть вони. — Більше ніколи не віритиму. Більше ніколи не дозволю собі гратися».

— Що стається з цими людьми? — пошепки запитала Джессіка, стримуючи сльози.

— Інколи вони озлоблюються. Їх гризе гнів, розчарування, напруження від того, що вони хочуть, але не дозволяють собі вірити. Це стає отрутою, з якою вони мають справу щодня.

Такі люди відгороджуються від світу, бо більше не хочуть зазнавати болю. Однак, зрештою, вони просто завдають шкоди собі.

Джессіка розридалася, знизавши плечима.

— Я вже не знаю, що робити, — сказала вона.

Тепер усі умовності зникли. Одяг, образ, автівка... Зовнішні атрибути, що приховували внутрішній біль, утратили значущість.

— Я вже давно повісила замок на ворота свого майданчика. І заприсяглася, що більше ніколи не дозволю собі страждати. Однак я втомилася підтримувати ці стіни. Утомилася від постійного бігу. Я просто хочу бути... — Джессіка завагалася.

— Вільною? — лагідно спитала Кейсі.

Джессіка кивнула й прошепотіла:

— Вільною. Тільки не знаю, як звільнитися.

Кейсі поглянула на неї.

— Більшість людей намагається приховати біль нетривалими спробами здобути свободу. Вони п'ють. Уживають наркотики. Купують речі, які їм байдужі. Створюють непотрібні проблеми в житті... Хочуть почуватися живими й вільними, а тому роблять усе це. От тільки це зрештою лише призводить до ще більшого болю.

— Знаю, — тихо відповіла Джессіка. — Я так жила. І *досі* живу.

— Тоді, може, ви станете людиною, що вибирає інший шлях.

— А що то за шлях?

— Дехто втомлюється підтримувати стіни. Втомлюється від неможливості побачити свій майданчик. А ще втомлюється від утоми, яку плекають нетривалі спроби звільнитись, які просто породжують нові стіни. Тож, зрештою, вони вирішують зробити чи не найбільший стрибок у невідомість зі всіх можливих. Вирішують збудувати свій майданчик заново.

— А це можливо?

Кейсі кивнула:

— Так. Це завжди можливо. Байдуже, скільки людині років чи в які життєві обставини вона потрапила. Це завжди можливо.

Кілька секунд Джессіка сиділа мовчки. А тоді поглянула на Кейсі.

— Як мені почати?

— Поволі. Обережно. Або як велетенський бульдозер, що зносить усе на своєму шляху... Люди різні. Вибирати вам. Спільне лише те, що колись ви вирішите зрізати замок на воротах свого майданчика. Це перший крок. Дозволити собі повернутись. А тоді потроху приберете зі стін лози. І побачите ці стіни такими, які вони насправді. Не захисними бар'єрами для безпеки, а вигаданими реальностями, які ви створили і які відтоді тримають вас у неволі. Часто тієї миті, коли людина дозволяє собі справді побачити їх такими, які вони є, стіни просто зникають.

— Це складно уявити, — зауважила Джессіка.

— Знаю, — відповіла Кейсі. — Однак це правда. А коли ці стіни зникнуть, ви побачите зв'язки з тим, що колись було на вашому майданчику. Вони спонукають вас скосити високу траву й підлісок. Ви зможете побачити, *що* колись робило вас щасливою. Може, вам уже не хотітиметься, щоб це було на вашому майданчику. А може, хотітиметься, тільки в іншій формі. А тоді ви почнете відбудову. Створення нового місця, нового майданчика.

— Нового життя, — промовила Джессіка.

Кейсі кивнула.

— Але як можна бути такою впевненою, що це можливо? — спитала Джессіка.

Кейсі підвелася з-за столика, зібрала кілька тарілок і поглянула на Джессіку.

— Я пройшла всі ці етапи. У моєму житті якось настав день, коли я втомилася ховатись, тікати й удавати... Того дня я зрізала замок на воротах свого майданчика й почала відбудову.

# Розділ 20

Я визирнув із віконця. Кейсі щойно встала з-за столика, за яким сиділи вони з Джессікою. Раніше я вже помітив, що вони досить енергійно щось обговорювали.

«Ласкаво просимо до кафе "Чому"», — подумав я знову.

— Панкейки можна перевертати, — сказала Емма.

— Так, зараз переверну.

Я взявся за лопатку й перевернув панкейки.

— Майже готові. Ще якусь хвильку на цьому боці, а тоді тобі й твоєму татові можна буде їсти.

— А як же мій омлет?

Якщо чесно, я сподівався, що про омлет Емма забуде. Я поглянув на дівчинку.

— Еммо, вибач, але я не вмію готувати омлет.

— Але ж ми вже порізали все для нього.

Я кивнув.

— Так, знаю. Я знав, як це робити. Але як приготувати сам омлет, не знав.

— То нічого.

Подумки я полегшено зітхнув, радіючи, що вона не розчарована.

— Тобі просто потрібен «Хто», — сказала Емма.

— Що?

Вона захихотіла.

— Та ні. *Хто*!

Я виклав панкейки на тарілку, а Емма поклала на них фрукти, які я порізав раніше.

— Якщо не вмієш щось робити, просто знайди людину, яка вміє. А відтак попроси в неї допомоги. Тоді вона покаже тобі, як це робиться, і ти цього навчишся. Це *суперлегко*. Саме так я навчилася майже всього, що вмію.

Я всміхнувся. Кому, як не семирічній дитині, руйнувати один із найбільших бар'єрів, що відділяє безліч людей від простої речі, яку можна пояснити за кілька секунд?

— Хто тебе цього навчив? — запитав я.

— Тато.

— Він хороший Хто?

Емма завзято закивала.

— Ага. Багато чого знає. Це він навчив мене кататися на серфі.

— А й справді. Що з того, що ти дізналася про серфінг, найважливіше?

Емма стала у трішки пафосну позу, уперши одну ручку в бік.

— Не полізши у воду, нізащо не навчишся кататись.

Я засміявся.

— Не сумніваюся, що це правда.

Тут до нас зайшов Майк.

— Як там сніданок?

— Тату, Джонові потрібен Хто. Можеш показати йому, як готувати омлет?

Я всміхнувся.

— Емма саме вчила мене знаходити «Кого», коли я не знаю «Як».

— О, вона чудово це вміє.

Майк узяв сковорідку з довгою ручкою.

— Гаразд, суперлегко...

Поки Майк пояснював мені тонкощі приготування омлету, на кухню зайшла Кейсі.

Вона поплескала Майка по плечу й сказала:

— А тут смачно пахне.

— Ми приготували панкейки та грінки, а ще тато вчить Джона готувати омлет, — відповіла Емма.

Кейсі поставила в раковину тарілки, які тримала в руках.

— Як там Джессіка? — запитав я.

— Здається, їй було б не зайве провести кілька хвилин із тобою, — відповіла Кейсі.

Я глянув на неї через плече:

— Справді? Ви ж наче досить енергійно розмовляли.

— Так. А тепер їй, на мою думку, потрібно почути твою історію.

— Уперед, — скомандував Майк. — Я закінчу. Усе одно омлет майже готовий.

— Гаразд, — дещо вагаючись, відповів я. Насправді я не був певен щодо цього. Раніше я просто послухався б чуття, негайно вийшов би й поговорив би із Джессікою. Однак тепер у мене не було жодних раптових осяянь.

— Будуть, коли ти туди прийдеш, — сказала Кейсі й кинула мені рушничок. Я витер руки й повернув його Кейсі.

— Еммо, ми можемо договорити про серфінг трішки пізніше? — спитав я. — Був би дуже радий почути, що ще ти про нього дізналася.

Вона підвела на мене погляд, а тоді занесла над панкейками маленьку мисочку із сиропом.

— Сиропний вулкан! — вигукнула Емма й спорожнила миску.

Я всміхнувся.

— Вважатиму це згодою на розмову про серфінг.

Емма всміхнулася у відповідь.

— Гаразд.

# Розділ 21

Я вийшов туди, де сиділа Джессіка. Вона пильно дивилася на океан.

— Як минув сніданок?

Вона плакала, тож тепер терла лице рукою.

Я кивнув.

— Не зовсім звичайне кафе, еге ж?

Джессіка поглянула на мене й усміхнулася, знову витираючи рукою щоку.

— Це точно.

— Ви в нормі?

Вона знову поглянула на океан.

— Гадаю, що так.

— Можна я сяду?

— Будь ласка, — відповіла Джессіка й показала на стілець навпроти себе.

Я плавно опустився на нього.

— Що це за місце? — спитала вона за мить, а тоді позирнула на кафе.

— Це дивний, незвичайний маленький заклад, який, імовірно, змінить ваше життя назавжди.

— О, то це все пояснює, — відказала вона і всміхнулася.

Кілька хвилин ми сиділи мовчки.

— Хто ви? — запитала Джессіка.

— Тобто?

— Хто ви такий? Кейсі згадувала, що Майк — власник цього закладу. Емма сказала, що він зазвичай ще й готує. То хто ви? Ви справді тут працюєте?

Я всміхнувся.

— Ну... Сьогодні — так.

Джессіка спантеличено поглянула на мене.

— Вам як розказати — довго чи коротко? — спитав я.

— Може, почнете? — відповіла вона. — А тоді я проситиму розповісти про щось докладніше, якщо буде треба.

— Можна й так.

Я ненадовго замислився. З чого почати? З яких далеких подій?

— Років із десять тому я відвідав це місце, — заговорив я. — Тобто кафе.

Не став казати Джессіці, що воно було геть в іншому місці й чомусь відтворене тут, на

Гаваях, до найменших подробиць. І водночас не постаріло ні на день. Не варто було ускладнювати все ще більше.

— Тоді я ніяк не міг розібратися із життям.

— Тобто? Ви були нещасливі?

— Не те щоб *нещасливий*. Просто не був *щасливий*. Я, здавалося, застряг на позначці «нормально». Робота в мене була нормальна, заняття поза роботою — нормальні, стосунки — нормальні. І якийсь внутрішній голос торочив мені, що життя має бути більше ніж просто нормальним. А тоді сталася низка подій, які по-справжньому змусили мене замислитися.

Джессіка поглянула на мене.

— Що сталося?

— Якось увечері я сидів у своїй квартирі, і мені зателефонували рідні. Сказали, що щойно помер мій дідусь, якому було вісімдесят два.

— Співчуваю.

— Дякую. Це було вже давно. Та от біда: я ж узагалі був не дуже близький до нього. Наша сім'я жила далеко від моїх бабусь і дідусів, тому я, хоч він і був мені дідусем, не знав його по-справжньому добре. Однак його відхід із життя чомусь мене вразив. Завершивши той дзвінок, я замислився про своє життя й подумав: «Якщо житиму так далі, йтиму цим шляхом...»

— То чи буду я щасливий у вісімдесят два роки? — закінчила Джессіка.

Я кивнув.

— Саме так. І відповідь була негативна. Я не буду щасливий. Я просто буду *в нормі*. Зрозумівши, що відповідь негативна, я чомусь згадав одну подію, що трапилася років за п'ять до того. Тоді я щойно закінчив університет і намагався ввійти до «реального світу» роботи. Мене запросили на співбесіду. Йшлося про роботу в компанії в діловому центрі великого міста неподалік від місця, де я жив. Тож я причепурився, вдягнув костюм, краватку, накрохмалену сорочку і взувся в незручне взуття. Потім узяв новісіньку сумку для ноутбука й сів у потяг, що прямував до міста. Я ще ніколи не їздив потягом і, вийшовши з нього, ненароком звернув не туди. От тільки виявилося, що звернув я саме туди, куди потрібно.

— Як це? — запитала Джессіка.

— Звернувши не туди, я став і побачив купу людей, які виходили з вагонів і прямували до виходу. Тисячі людей, і всі йшли на роботу. Старі, середнього віку, дехто лише на кілька років старший за мене. І я, глипаючи на цю юрбу чоловіків і жінок, дещо помітив.

— Що саме?

— Ніхто з них не всміхався. Ніхто.

Джессіка кивнула.

— Того дня, побачивши це юрмище нещасливих людей, я заприсягся, що не буду таким. Моє життя буде інакше.

Джессіка кивнула.

— То ви зробили його інакшим?

Я заперечно похитав головою.

— Та ні. Це я й усвідомив того вечора, коли мені зателефонували щодо дідуся. Колись я хотів чинити інакше. Заприсягся чинити інакше. Однак насправді за п'ять років до мене дійшло, що моє життя не дуже відрізняється від їхнього.

— То що ви зробили?

— Вирішив рушити в поїздку, щоб ненадовго відволіктися від цього. У першу ніч завдяки низці дуже незвичайних подій я безнадійно заблукав. І натрапив на малесеньке кафе з доброю їжею, привітними людьми й дуже незвичайними запитаннями в меню.

— Ви знайшли цей заклад, — відповіла Джессіка.

— Ага.

— І що?

— Я провів у кафе всю ніч. Просто розмовляючи з людьми. Майком, Кейсі, ще однією жінкою, яка там була… Слухав їхні історії. Поділився власною історією й розповів про те, що переживав.

— А хіба не дивно, що ви розмовляли про таке з незнайомцями?

Я знизав плечима.

— Так, дивно… ні… можливо… На тому етапі мене вже не задовольняла нормальність. Так я став відкритим для того, для чого за інших обставин, мабуть, не був би відкритий.

Я всміхнувся.

— Тепер я постійно розмовляю з незнайомцями. Спробувавши так робити, усвідомлюєш, що це не дивно.

Джессіка кивнула.

— Що було далі?

— Та ніч у кафе змінила моє життя. Я дізнався те, чого ще ніколи не усвідомлював. Побачив світ таким, яким не бачив його ніколи. Познайомився з життям, яке було більш ніж просто *нормальне*. І вирішив жити ним.

— І ви жили ним?

Я кивнув.

— Так.

# Розділ 22

Майк надкусив грінку й кивнув на патіо.

— Здається, Джон і Джессіка непогано ладнають.

Емма ковтнула трохи соку.

— Джон веселий. І милий.

Кейсі погладила її по волоссю.

— Джессіка теж мила.

— Чому вона раніше плакала?

— Розучилася гратись, — відповіла Кейсі.

— Може, ти навчила б її знову, — сказав Майк Еммі. — Ти справді добре граєшся.

— Гаразд. У що вона полюбляє гратися?

— Точно не знаю, — відповіла Кейсі. — І не думаю, що Джессіка сама знає. Щоправда, вона згадувала, що колись любила гойдатися.

— Може, нам удасться відвести її до гойдалок біля лагуни. Там *неймовірні* гойдалки. Їх можна навіть закручувати й розкручувати, щоб дуже швидко гойдатися.

Майк усміхнувся.

— Чудова ідея. Думаю, Джессіці сподобається.

— Ми можемо піти зараз?

— Може, спершу доїси сніданок? А тоді ви з Кейсі її відведете. Я залишуся тут із Джоном і допоможу прибрати на кухні.

— Гаразд.

Емма ще кілька разів надкусила панкейк.

— Тату, у мене є запитання.

— Яке?

— Як можна розучитися гратись?

Майк знову всміхнувся. Він безупинно чудувався тому, як малі діти можуть усе осмислювати. Питають, слухають, думають. А тоді, якщо чогось не розуміють, питають знову, доки не починають розуміти повністю.

— Гадаю, Джессіці в дитинстві не дуже добре жилося в сім'ї, — сказала Кейсі. — У неї не було такої людини, як твій тато, — того, хто навчив би її радості від ігор.

Емма ненадовго замислилася.

— Сумно.

— Так, — відповіла Кейсі.

— Як гадаєш, вона зможе навчитися знову? — спитала Емма.

Кейсі всміхнулася.

— Думаю, так. Приблизно так можна забути про іграшку, яка лежить у тебе під ліжком, і довго з нею не гратися. Урешті-решт, ти взагалі забуваєш, що вона там. Однак коли знаходиш іграшку й знову починаєш із нею бавитися, усе повертається до тебе. Ти згадуєш, яка цікава ця іграшка.

— Якось таке було з моїм м'яким дельфіном, — радісно повідомила Емма. — Його звати Дельфі. Я його загубила й повсюди шукала, та не могла знайти. Мені було дуже сумно. А тоді я забула про нього, доки ми не почали пересувати все, щоб пофарбувати мою кімнату. Виявляється, *увесь цей час* Дельфі ховався за тумбочкою! Тож тепер я знову багато з ним граюся.

Кейсі всміхнулася.

— Тут усе дуже схоже. Може, якщо ти відведеш Джессіку до гойдалок, вона почне згадувати, як весело гратися.

— Ага, з Дельфі це спрацювало! — радо сказала Емма.

# Розділ 23

Ми з Джессікою досі розмовляли. Вона надпила з чашки.

— І як воно?

— Що — воно?

— Вибрати інше життя.

Я всміхнувся.

— Дуже раджу спробувати. Особливо якщо життя просто нормальне й хотілося б, щоб воно було чимось більшим.

Джессіка всміхнулася й собі.

— Як гадаєте, чому ви знову тут? — запитала вона. — Чому саме зараз? Ви ж з усім розібралися, так? Ви більш ніж у нормі.

Я кивнув.

— Моє нинішнє життя однозначно краще, ніж нормальне. — Я знизав плечима. — Не знаю напевне, чому я тут цього разу. Може, щоб навчитися ще чогось? А може, поділитися вже вивченим? Точно не знаю.

— Чим ви можете поділитися зі мною?

Я всміхнувся.

— А що ви хочете знати?

Джессіка трохи нахилилася вперед.

— Кейсі недавно, можна сказати, сколихнула мій світ.

— Я бачив, що у вас вибухнули емоції. Що сталося?

Джессіка пояснила, про що розмовляли вони з Кейсі. Згадала й про ідею майданчика.

— Не знаю, чому це її пояснення так на мене вплинуло, — зізналася Джессіка.

— Напевно, тому, що воно стосується вашого життя.

Я помітив, як на обличчі Джессіки відбився смуток.

— Назвіть щось із того, чого навчилися, відколи побували тут минулого разу, — попросила вона.

Я засміявся.

— Щось одне — і все?

— Почніть із чогось одного.

Я замислився на хвилинку.

— Як щодо ще однієї історії про потяг?

Джессіка всміхнулася.

— Добре, хай буде ще одна історія про потяг.

— Покинувши кафе вперше, я усвідомив, що не хочу далі жити так, як раніше. А ще я не знав, як *хочу* жити.

Я опустив погляд на меню.

— У моєму тодішньому меню деякі запитання були не такі, як тут. Припускаю, що запитання у всіх різні.

Джессіка кивнула.

— Кейсі вже казала щось таке сьогодні. Я не знала, що вона має на увазі.

— А я знаю, — сказав я. — Мабуть, це нелогічно з тисячі звичних причин, але просто дозвольте так припустити. У моєму меню першим запитанням було: «Чому ви тут?»

— Таке запитання є й у моєму меню, — зауважила Джессіка. — Я достеменно не знала, що воно означає.

— І я теж, коли вперше прийшов у це кафе. З часом стало зрозуміло. Воно не про те, чому ви в цьому кафе чи на Гаваях... Ідеться ось про що: чому ви існуєте? Чому ви живете? Яка ваша МІ, тобто мета існування?

Джессіка відкинулася на спинку стільця.

— А я думала, запитання про майданчик дивне.

— Атож. Ну, насправді, коли його осмислити, воно перестає бути аж таким дивним. Тому що, як я усвідомив, якщо ставити собі це запитання — «Чому я тут?», — відповідь на нього буде чудовим дороговказом на щодень. Принаймні так здавалося.

— Що ви маєте на увазі?

— Воно було надто велике для мене через те, що я переживав. Я не міг його охопити.

— І тому сіли на потяг?

Я засміявся.

— Так. Щоб поїхати на роботу. Я постійно думав про те перше запитання. Особливо тоді, коли прямував на роботу. А потім якось зустрів одного хлопця в потягу. Звичайного собі хлопця під час звичайної поїздки на роботу.

— І що?

— Він здавався щасливим. По-справжньому, справді щасливим. Тож я сказав йому: «Знаю, це може прозвучати ненормально, але ви здаєтеся щасливим. У чому ваш секрет?»

Джессіка засміялася.

— Ви що, справді так зробили?

Я кивнув.

— Що він сказав?

— Спершу він запитав, як я живу. Я розповів, що переживаю, розповів про відвідини кафе і про те, що хочу чогось більшого, ніж нормальність.

— Чи подумав він, що історія про кафе дивна?

Я похитав головою.

— Ні. Гадаю, він жив у такому психічному вимірі, де відбувається саме те, що треба, і тоді, коли треба. А необхідні люди трапляються тоді, коли вони найпотрібніші. Тож він зрозумів, *що* я пережив у кафе.

— А що сталося далі?

— Він сказав дві речі, які особливо мене мотивували. По-перше, він заробляє на життя, подорожуючи світом і ведучи різні навчальні курси. Це негайно мене зацікавило. Я завжди хотів подорожувати світом, але не знав нікого, хто колись таким займався б. Тоді він розповів, що й сам пережив такий період, коли намагався з усім розібратися.

— Що він зробив, щоб розібратися?

— Йому дуже допоміг один добрий друг. Здається, того друга звали Томас. Він надихнув цього хлопця визначити п'ять речей, які найбільше хочеться зробити, побачити чи пережити до смерті. А тоді присвятити час і сили передусім їм. Решта докладеться сама. Він називав їх своєю «великою п'ятіркою для життя».

Хлопець казав, що часом думка про визначення мети в житті занадто приголомшує. Тож починати варто з меншого, з цих п'яти речей. А тоді, займаючись ними, людина пізнає *себе*. Пізнавши краще *себе*, легше розібратися зі своїм призначенням.

— Ви ще спілкуєтеся з цим хлопцем?

Я всміхнувся.

— Ні. І це було так дивно. Я зустрівся з ним лише того разу, у потягу. Він розповів про цю ідею того дня, коли вона була дуже мені потрібна. І більше я його не бачив. Тепер він у моїх спогадах просто Джо. Джо з потяга.

— Ви скористалися його порадами?

— Так. Вирішив, що серед цих п'яти речей точно є мандри. Тому два роки збирав гроші, а відтак став мандрувати світом. Мені дуже сподобалося. Ба більше, сподобалося так сильно, що я почав рік подорожувати й рік працювати. Потім знову рік подорожувати й знову рік працювати. Відтоді так і роблю.

— Хіба ви не боїтеся, що не зможете знайти роботу, повернувшись?

— Спочатку боявся. Тепер уже ні. Більшість людей не любить свою роботу, тож вони кепсько з нею справляються. Отже, людина, яка справді викладається на повну, вирізняється на загальному тлі, а тоді її багато хто хоче взяти на роботу.

— Навіть на рік?

— Ну, спочатку я нікому не казав, що буду працювати лише рік. Зате тепер мене знов і знов беруть ті самі компанії, на які я працював у минулому. Вони знають, що я добре виконую свої обов'язки, тож не можуть дочекатися мого повернення. — Я знизав плечима. — Кожна компанія має один-два особливі проєкти, які дуже хотіла б реалізувати. І просто не має вільного працівника, який може для цього постаратись. І не хоче наймати когось лише на цей проєкт. Компанія радіє, що я приходжу, розбираюся з проєктом і не шукаю постійного працевлаштування.

— Ви робитимете так завжди? Один рік роботи — один рік мандрів?

— Не знаю. Поки що це мене влаштовує. Перший раз було найважче. Що робити з речами, як оплачувати комуналку, поки мене немає на місці... Після того як розбираєшся з такими проблемами, стає дуже легко. Гадаю, я зупинюсь, якщо раптом втомлюся від цього. Проте зараз це...

— Набагато краще, ніж нормально? — спитала Джессіка.

Я засміявся.

— Так, стовідсотково краще, ніж нормально.

Джессіка поглянула на океан.

— Що таке? — спитав я.

— Ви розповідаєте про це так, ніби це дуже просто.

— Це і є просто.

— Для вас.

— Для кого завгодно.

— А що, як людина має сім'ю? Тоді не можна просто зірватися з місця й отак поїхати.

— Ви маєте сім'ю?

— Ні.

— Тоді чому це вас турбує?

— Просто питаю. Навряд усі можуть отак зірватися з місця.

— Однак чому це турбує *вас*?

Джессіка трохи помовчала.

— Не знаю.

Я всміхнувся.

— Дні надто короткі, щоб розбиратися зі своїм життям, думаючи, що згодиться всім іншим людям. Зосередьте роздуми на Джессіці та її становищі. А ще для повної ясності скажу: я зустрічав геть різних людей і геть різні сім'ї, які робили достоту, як я. Просто більшість ніколи з ними не зустрічається й не чує їхніх історій, тому що сидить на роботі. А ті люди подорожують. Лише поїхавши в мандри, зрозумієш, що можливо. І так уже склалося, що саме це я довідався про більшість речей. Майже все здається новим і дивним, доки не починаєш ним займатись. І єдиний спосіб цим зайнятися — це...

— Зайнятися цим, — вставила Джессіка.

— Точно. Тоді воно взагалі не здається новим або дивним. До того ж саме так можна зустрітися з іншими людьми, які багато про це знають. Якщо хочете навчитися бальних танців, не тусуйтеся на бейсбольному стадіоні. Якщо хочете навчитися бейсболу, не тусуйтесь у студії бальних танців.

Джессіка засміялася.

— Розкажіть, що ще ви дізналися.

На мить я замислився.

— Ви говорили про майданчик, так?

— Ага.

— Живіть *своїм* майданчиком.

— Що це означає?

— Наявність чоловіка, двох дітей і будинку з великим подвір'ям — це *ваш* майданчик? Чи вам нав'язала цю ідею реклама банку? Поїздка на пляж у кабріолеті з трьома друзями, коли ви хором підспівуватимете радіо, — це *ваш* майданчик? Чи це — життя у версії реклами автівок, яку ви переглянули?

Я всміхнувся.

— Ваш майданчик існує лише для вас. Дозвольте собі оцінити його не за тим, скільки на ньому чужих мрій, а за тим, скільки на ньому *ваших* мрій.

# Розділ 24

— Подобається, Джессіко? — спитала Емма.

Вони з Джессікою й Кейсі перебували в гроті неподалік кафе.

— Він прекрасний, — відповіла Джессіка.

Вони прийшли сюди маленькою стежиною, оточеною велетенською тропічною зеленню, а тепер гойдалися на краю маленької прекрасної лагуни. Неймовірний аромат Гаваїв був повсюди. Квіти, квіти й ще раз квіти.

У цій частині острова чорна вулканічна порода, з якої утворена більшість берегової лінії Гаваїв, розмита океанськими хвилями. Тож виник тропічний рай у місці, що вже й так було тропічним раєм.

Лагуна була наповнена океанською водою, такою чистою, що було видно, як унизу плавають риби. Оточувала лагуну темно-зелена рослинність із листками, більшими за людину.

А довершувала картину чорна вулканічна порода, що утворювала край лагуни.

— Це одне з моїх улюблених місць для гойдання, — сказала Емма. Вона лежала долілиць на гойдалці й вертілася, доки канати не виявлялися туго закручені.

— Дивіться, — сказала дівчинка.

Емма підняла ноги із землі, і канати почали розкручуватися так, що вона закрутилася довкола своєї осі.

— Можеш спробувати, якщо хочеш, — сказала Емма Джессіці. — Це справді весело. І після кількох разів не надто лячно.

Джессіка всміхнулася.

— Мабуть, і справді весело.

— Спробуй, — повторила Емма.

— Ну, не знаю, чи буде мені так само легко...

— То нічого, можеш просто спробувати, — не вгавала Емма.

Джессіка завагалась, а тоді сказала:

— Гаразд, — і вляглася на гойдалці, як Емма.

— Просто крутися, доки не закрутишся дуже туго, а тоді підніми ноги, — пояснювала дівчинка.

Джессіка виконала вказівки. Піднявши ноги, вона закрутилась, як до цього Емма.

— Вдалося! — зраділа дівчинка. — Я ж казала, що ти зможеш.

Джессіка підвелася, усміхнулася й знову сіла на гойдалку.

— Ти хороша тренерка, Еммо.

— Ну, Кейсі сказала, що ти в дитинстві любила гойдатися й ніби про це забула. Тож я подумала, що просто допоможу тобі згадати.

Джессіка знову всміхнулася.

— Дякую.

— Дивіться, он Софія, — вигукнула Емма, показуючи пальцем.

Лагуну на дошці для сапсерфінгу перетинала маленька дівчинка, на вигляд приблизно ровесниця Емми.

— Софіє! Софіє! — закричала Емма й помахала рукою.

Дівчинка на дошці почула крики й замахала рукою у відповідь.

— Я зараз пограюся з Софією в припливних заводях, — оголосила Емма й помчала до води. Крикнула через плече: — Буду або там, або тут!

— Гаразд, — озвалася Кейсі.

— З нею все буде гаразд? — запитала Джессіка.

— Вона буде в порядку. Ця парочка знає кожен дюйм лагуни. Часом я думаю, що вони наполовину риби чи морські черепахи.

— Що вона мала на увазі під «або там, або тут»?

— У них із Майком домовленість. Він дозволяє їй досліджувати щось із друзями. А вона просто має вибирати місцини, які досліджуватиме, і казати йому про це.

— А хіба це не небезпечно?

— Ні, насправді навпаки. Майк почав так робити, коли Емма була зовсім мала. Тоді, хай яке місце вона вибирала для досліджень, Майк завжди мав змогу її бачити та швидко до неї дістатися. Він навчив її довіряти чуттю та інтуїції. Практика була добра. Тепер у неї тонко настроєна система внутрішнього керування. Ця система убезпечує Емму, поки вона щось досліджує.

— Усе одно якось трохи небезпечно.

— Чи здавався б світ небезпечним, якби ти знала, що станеться, перш ніж воно станеться?

Джессіка трохи помовчала.

— Ви маєте на увазі, що в неї є таке вміння?

— Воно є в усіх. Емму змалечку навчали ним користуватися, тож для неї це друга натура. Більшість людей припиняє так робити ще в дитинстві. Тому, коли це вміння раптом виявляє себе, але не є другою натурою, люди в ньому сумніваються.

— Зрозуміло.

Кейсі відчувала, що Джессіка сумнівається.

— Ви сьогодні ним скористалися.

Джессіка запитливо поглянула на неї.

— Сьогодні вранці ви ввійшли в кафе, хоч на це й не було раціональної причини. Однак щось до вас заговорило. Система внутрішнього керування якось підказала вам, що це правильно.

— Звідки ви це знаєте?

Кейсі поглянула на лагуну й усміхнулася.

— Усі знаходять кафе саме так.

# Розділ 25

— У тебе неймовірна донька, Майку.

Ми з Майком прибирали на кухні. Він усміхнувся.

— Дякую. Емма — чудова дитина.

— Тобі подобається бути татом?

Майк поставив тарілки, які ніс.

— *Для мене*... це найкраще в житті.

Я всміхнувся.

— На «для мене» ти зробив сильний наголос.

— Батьківство не для всіх. Якщо це твоє, воно дуже веселе й відповідальне. Якщо не твоє, потребує тяжкої праці й дуже відповідальне.

— Здається, ніколи такого не чув.

Майк усміхнувся.

— Це тому, що, завівши дітей, від них не відмовишся.

— Тому це не для всіх, еге ж?

— Ні. Однозначно ні. Те, що людина має чи не має дітей, ще не робить її кращою або гіршою. Річ просто в тому, що це не для всіх.

— Чому це для тебе?

— Перш ніж народилась Емма, я встиг подбати про найпроблемнішу людину на світі.

Я засміявся.

— І хто це?

— Я.

— Ти?

— У батьківстві дуже важливо віддавати. Не так багато людей говорять про це чесно. У рекламі показують милу малечу, що тулиться до батькового чи материного плеча. Або ідеальні маленькі сімейні моменти, коли всі бадьорі, усміхнені, а дитина робить щось неймовірно симпатичне. Реклама показує, як людина щось отримує. Передання любові від дитини до батька чи матері.

— Однак це не так, еге ж?

— Так — інколи. А дуже часто це — заміна підгузків, одягання дитини, готування їжі для неї, утішання, коли вона плаче, допомога їй, коли вона не може заснути, навчання того, що вже сам знаєш... Особливо коли діти малі — тоді в батьківстві дуже важливо віддавати.

Майк трохи помовчав.

— Багато людей заводять дитину, бо хочуть отримувати. За якийсь час вони почуваються розчарованими.

— А ти — ні?

— Ну, я вже казав, що, перш ніж завести Емму, устиг подбати про *себе*. Побачив те, що хотів побачити. Вирушав у пригоди, яких хотів... Я був готовий віддавати.

— А отримувати щось можна?

— Дуже багато. Щодня. Тільки у дрібницях. До народження Емми я жодного разу не міняв підгузків. Гадки не мав, як це робити, і фактично очікував найгіршого. А тоді з'явилася вона, така собі крихітна людина, яка потребує допомоги. Нездатна робити це сама. Їй доводиться допомагати, і це приємно. Тоді людина отримує.

Я всміхнувся.

— Ніколи не думав, що заміна підгузків — це щось більше, ніж просто заміна підгузків. Хоча, якщо чесно, я їх ніколи не міняв.

Майк кивнув.

— Коли людина вже подбала про власні потреби, після народження дитини вона розуміє, що ця дитина — дар. Малесенька людина, яка надає можливість їй допомогти. Заміна підгузка — це не обов'язок: це можливість дещо подарувати.

Майк засміявся.

— І коли дитина зовсім мала, це доводиться робити разів із десять на день.

— Отже, ти отримуєш, бо віддаєш?

— Саме так. Радість народжується з допомоги. Деякі люди до цього не готові. Вони хочуть спершу щось отримувати, а тоді, може, віддавати. У батьківстві все інакше.

— І все-таки ти сказав, що це — найкраща річ на світі.

Майк кивнув.

— Для мене.

Він повісив рушничок, яким перед цим витирав посуд.

— Джоне, час у добі не нескінченний. Більшість людей, ще навіть не маючи дітей, крутяться, як білки в колесі. Коли з'являється дитина, щось має змінитися. Тому що дитині понад усе потрібні час, любов та увага.

Майк трохи помовчав.

— Пам'ятаєш ідею МІ з минулих відвідин?

— Звісно, мета існування. Я саме поговорив про неї з Джессікою.

— Прекрасно. Що ж, коли людина визначила МІ і для цієї МІ життя має бути весь час підпорядковане кар'єрі... — Майк зупинився. — Як їй викроїти час, любов та увагу для дитини?

— Отже, може, її мета існування не передбачає батьківства чи материнства, — сказав я.

— Точно. А може, не передбачає його зараз. Тож людині не варто соромитися чи потерпати від тиску з боку друзів, рідних або суспільства. Натомість вона досягає мети існування в інший спосіб. Тут, у кафе, мені траплялося багато клієнтів, які прагнуть мати дитину, бо хочуть «повноцінного» життя. Це міф. Тому що з появою дитини повноцінною стає та частина життя, що стосується дітей, проте не стає такою повноцінною якась інша його частина. Може, ця людина не надихає так багато інших, не вигадує так багато винаходів чи не розвиває свій бізнес аж так... Суть у тому, Джоне, що всі люди різні, унікальні й особливі. Мета їхнього існування може передбачати або не передбачати батьківство чи материнство, а також усе з ним пов'язане. І це нормально.

— Там це сприймають аж так нормально, — відповів я. — Тобто в зовнішньому світі.

— Знаю. Особливо якщо говорити про жінок. Однак насправді, якби народження дитини було ключем до неймовірного спокою, задоволення й щастя, ти бачив би набагато більше спокійних, задоволених і щасливих дорослих.

— І все-таки ти сказав, що це найкраща річ на світі.

— Тому що це частина моєї МІ. А ще я тоді був готовий підтримувати Емму, а не просити, щоб вона емоційно заряджала *мене*.

# Розділ 26

— Здається, вони добре проводять час, — зауважила Джессіка й показала на Емму з Софією.

— Завжди, — відповіла Кейсі. — У них дуже схожі майданчики, і вони обожнюють гратися на них разом.

— Що ви маєте на увазі?

— У них однакові вподобання. Обидві нестямляться від води. Обожнюють тварин. Живуть заради таких занять, як підводне плавання, сапсерфінг, серфінг...

— А також, очевидно, ходіння по заводях, — додала Джессіка.

Кейсі всміхнулась.

— І це теж.

Вони трохи помовчали.

— У мене колись була така подружка, — урешті сказала Джессіка.

— Коли ви були малі?

— Ні. Коли мені було дванадцять. Ешлі Джессінс. Її сім'я переїхала в будинок на тій вулиці, де жила я. Ми все робили разом.

— Ви з нею досі спілкуєтеся?

Джессіка похитала головою.

— Ні. Вирішивши піти, я втекла якомога далі та якомога швидше.

— І ви досі втікаєте?

Джессіка перестала гойдатися.

— Що ви маєте на увазі?

— І ви досі втікаєте?

Джессіка замислилася на хвильку.

— Не знаю. Я вже точно не та дитина. У мене є робота, життя...

— Це ще не означає, що ви досі не втікаєте, — зауважила Кейсі. — Коли все погано, ми йдемо. Тікаємо. Для цього потрібна відвага. Вирватися з ситуації, яка не до вподоби, зокрема тоді, коли вас щодня кривдять... це сміливо.

Джессіка кивнула.

— Утім, інколи ми так звикаємо до життя на втіках, що забуваємо перестати тікати й починати бігти *до чогось*.

— Я вас не розумію.

— Ви далеко від материка. Те життя, від якого ви там тікали, було давно. Проте воно все одно залишається великою частиною вашого «я». Хіба ні? Ваших дій, ваших думок... Ви досі намагаєтеся від нього втекти.

По обличчю Джессіки скотилася сльоза.

— Ви не розумієте, — сказала Джессіка. — Мені було погано.

Вона витерла сльозу, але за нею потекли інші.

— Мені було дуже погано.

Кейсі кивнула.

— Однак тепер уже не погано. — Вона простягнула руку й поклала долоню на руку Джессіці.

— Може, уже варто перестати витрачати стільки часу, сил та емоцій на втечу від життя, якого ви не створювали. А натомість вкласти їх у життя, яке ви *творите*.

Кейсі відпустила руку Джессіки.

— Ви працюєте?

Джессіка кивнула.

— Ви маєте дуже гарну машину, дуже дорогий одяг, останню модель телефона... Я питаю це не заради засудження, а зі звичайної щирості. Чому?

Джессіка повернулася, не встаючи з гойдалки, і завагалася.

— Я не маю на увазі, що в цьому є щось погане, — додала Кейсі. — Усе це дуже добре. Я просто питаю: чому *ви* їх маєте?

— Я хочу довести, що я своя, — відповіла Джессіка після тривалого мовчання. — Хочу довести, що я своя.

— Кому?

Джессіка замотала головою й мимохіть засміялася.

— Не знаю. Думаю, просто не хочу, щоб люди бачили в мені ту, ким я була, бачили, звідки я родом.

Кейсі кивнула.

— Хто ви насправді?

— Тобто?

— Деякі люди обожнюють машини. Обожнюють сидіти в новій автівці. Обожнюють їхню конструкцію, обожнюють, як гуде двигун, коли натискаєш на газ. Високо цінують симетрію в конструкції машини та її красу. Це про вас?

Джессіка хитнула головою.

— Ні.

— Деякі люди обожнюють одяг. Нестямляться від останніх фасонів і захоплюються творчими здібностями дизайнерів. Уміють визначати тонкощі, які роблять кожен предмет одягу унікальним. Обожнюють відчуття від окремих речей. Це про вас?

Джессіка хитнула головою.

— Ні.

Кейсі всміхнулася.

— Часом ми, самі того не усвідомлюючи, намагаємося довести світові, що ми свої. Поперваx просто хочеться, щоб інші симпатизували нам, визнавали нас чи помічали нашу цінність. А тоді ми рано чи пізно усвідомлюємо правду. Ми намагаємося долучитися до клубу, у якому насправді не хочемо бути. Натомість ми понад усе прагнемо прийняття до власного клубу. Так, ми хочемо визнання. Однак у глибині душі не чекаємо, коли хтось інший скаже, що ми особливі. Ми хочемо самі визнати, що *ми* особливі. А коли це робимо, потреба у визнанні інших відпадає. Ми знаємо, що ми особливі — самі собою.

Джессіка кивнула.

— Що привело вас сюди? — запитала Кейсі. — На Гаваї.

— Я хотіла навчитися серфінгу.

— Справді?

Джессіка кивнула.

— Бачила якось фільм про серфера. І він там розповідав, яким вільним почувається, коли катається на хвилях. А ще — про те, як під час серфінгу весь світ зникає. Відчуваєш лише хвилі, дошку й таку гармонію... — Вона знизала плечима. — Дурня, мабуть.

— Ви займаєтеся серфінгом?

Джессіка хитнула головою.

— Ні. Коли я сюди приїхала, усе виявилося дуже дорогим. Грошей у мене небагато, тож я відразу влаштувалася на роботу, щоб оплачувати житло й харчі. Звести кінці з кінцями все одно не вдавалося, тож я пішла ще на одну роботу, нічну. А тоді... не знаю. На якомусь етапі це просто почало здаватися дурницею.

— Серфінг?

— Просто думка про те, що він може створювати свободу, гармонію й таке інше...

— Ви досі бідні?

Джессіка знову похитала головою.

— Ні. Ну, тобто я не багата, але й точно не бідна.

Кейсі всміхнулася.

— Досі не зовсім розумію, хто ви.

Джессіка всміхнулася й собі.

— Про що ви?

— Ну, ви — це не ваш одяг. Не та машина, на якій їздите. Не та дівчина, яка втекла від жорстокого виховання. Не та біднячка, яка щойно приїхала сюди... То хто ви?

З обличчя Джессіки зникла усмішка.

— Не знаю.

Кейсі кивнула.

— Саме тому ви досі тікаєте, а не біжите до чогось.

# Розділ 27

Ми з Майком досі залишалися на кухні, прибирали й розмовляли.

Він засміявся.

— Ми багацько поговорили про батьківство, Джоне. Ти не хотів би поділитись якимись новинами?

— Ой, ні. Я... Я... — Я всміхнувся. — Насправді не знаю. Останні кілька років минули чудово. *Справді* чудово. Я дуже радий, що знайшов тоді цей заклад. Він змінив моє життя. І хочу вам за це віддячити.

Майк кивнув.

— А тепер я повернувся сюди — і не знаю чому.

— А чому, на твою думку?

— Не знаю. Гадаю, що маю навчитися ще чогось або ще в чомусь вирости...

Майк усміхнувся.

— Мабуть. А може, цього разу ти прийшов сюди повчити.

— Джессіку?

— Може, і так. Або Кейсі, Емму чи мене.

Я засміявся.

— Сумніваюся, що можу навчити того, чого ти ще не знаєш.

— Не будь таким категоричним. Ти вів чудове життя, відколи був тут востаннє. Не сумніваюся, що ти багато чого навчився.

Я кивнув.

— Так. І тепер мене набагато більше влаштовує моє життя й роль у світі, але...

— Але хто я такий, щоб... — додав Майк.

Я знизав плечима.

— Щось таке.

— Джоне, перший етап — це замирення із собою, достатнє, щоб повірити *в себе*. Треба розібратися з метою існування й почати жити нею. Тобі це вдалося. Ти просунувся далі. Рано чи пізно всі на цьому шляху усвідомлюють, що ми здебільшого зростаємо завдяки натхненним моментам у спілкуванні з іншими. Хтось каже щось таке, чого ти ніколи не забуваєш. Хтось навчає тебе ідеї, якою ти користуєшся до скону. Водночас ти починаєш розуміти: що в більшій ти злагоді зі своєю МІ й що більше ти живеш нею щодня й щомиті, то більше людей до тебе тягнуться. Ти сяєш енергією, яку не можна підробити. Твоя справжність та ясність приваблюють людей довкола. На якомусь етапі це могло статися через випадкову розмову чи діалог із другом, який прийшов по пораду. Ділишся тим, що знаєш, з іншою людиною, а тоді бачиш, як це змінює її життя. Так само, як змінилося твоє життя, коли хтось поділився з тобою. І цієї миті настає одне з найбільших осяянь. Питання не в тому, хто я такий, щоб когось навчати, чимось ділитися, змінювати світ, створювати власну справу, подорожувати світом, закохуватися, писати пісню... чи справджувати ще якусь мрію на свій вибір. Питання ось у чому: хто ти такий, щоб цього не робити?

# Розділ 28

Кейсі всміхнулася Джессіці.

— Ви колись користувалися навігатором для водіїв? Таким, який автоматично знає, де ви перебуваєте? Тоді треба набирати місце, до якого хочете поїхати, а він спрямовує вас туди дуже привітним голосом.

Джессіка мимоволі засміялася.

— Так.

— Я зрозуміла, що саме так влаштований Усесвіт.

— Тобто?

— Ми приймаємо рішення протягом життя. Пробуємо щось. Звертаємо то ліворуч, то праворуч.

Кейсі засміялася.

— Ходимо по колу.

Джессіка всміхнулась.

— І часом здається, ніби ми так далеко відхилилися від курсу, що нас не поверне до нього вже ніхто й ніщо.

Кейсі поглянула на Джессіку.

— Розумієте, про що я?

Джессіка кивнула.

— Однак згадайте про навігатор. Хай скільки разів ви проїдете по колу, роблячи те саме, припускаючись тих самих помилок... Хай скільки разів ви поїдете ліворуч, коли той тоненький голосок казав, що потрібно праворуч... Цей голос лунає без тіні осуду, каже «змінити напрямок», а тоді дає все потрібне, щоб дістатися туди, куди ви хочете.

Джессіка засміялася.

— Так і є. Хіба ні?

— Так і є, — відповіла Кейсі. — І Всесвіт влаштований так само. — Вона перестала гойдатися й поглянула на Джессіку. — Ви тут заради чогось важливого. Ваше життя — не помилка, не нещасний випадок і не несподіваний збіг. Ви маєте певне призначення, бо інакше вас тут не було б. І хоч інколи може здаватися, ніби ви безнадійно загубилися й нізащо не зможете вибратися, допомога завжди поруч.

Щось в оповіді Кейсі зачепило Джессіку.

— Бували моменти, коли я почувалася дуже заблукалою, — тихо заговорила Джессіка. — Навіть зараз я частенько почуваюся просто... дуже загубленою.

Кейсі всміхнулася.

— Час звернутися до всесвітнього навігатора. — Вона поглянула на Джессіку. — Вам подобається слово «Бог»?

Джессіка запитливо поглянула на неї.

— Чи подобається мені слово «Бог»?

— Ага.

— Не знаю. А що?

— Деяким людям ця назва подобається. Здається кращою, ніж «Усесвіт».

— А це важливо?

— Залежить від вас. У нашій розмові я казатиму «Всесвіт». Це, так би мовити, загальна назва. Коли випаде нагода над цим замислитися, ви зможете вибрати таке слово, яке подобається найбільше. Вибір дуже багатий. Люди з різних куточків світу, з різним бекграундом, носії різних мов користуються різними словами. Та й самі ці слова з часом змінилися, тож є ціла історія слів, з якої можна щось вибрати.

— А є слова, кращі за інші?

Кейсі всміхнулася.

— Для декого — так.

— А для вас?

— Фактично те, про що ми говоримо, — це потужна присутність, така потужна, що вона є в кожній живій істоті. Не лише тут, на нашій планеті, а й повсюди — у глибинах космосу, всюди, куди сягає космос. Й існує вона не лише тепер, а й існувала в минулому аж до самих його початків. — Кейсі всміхнулася. — Як на мене, дещо складно повірити, що така могутня сутність може зациклитися на певній назві. Гадаю, важать лише наміри, з якими звертаються.

Джессіка кивнула.

— Як користуватися цим усесвітнім навігатором?

— Це також залежить від обставин.

— Яких обставин?

— Як сильно ви загубилися. — Кейсі поглянула за лагуну. — Пам'ятаєте перше запитання з меню?

Джессіка кивнула.

— «Чому ви тут?»

Кейсі всміхнулась.

— Ага.

І більше нічого не сказала.

— І що це?

— Який перший крок у користуванні автонавігатором?

— Увімкнути його.

Кейсі засміялася.

— Гаразд, народження. Який крок наступний?

Джессіка трохи подумала.

— Навігатор визначає місцеперебування.

— Цей знає його постійно. Наступний крок?

— Ввести назву місця, до якого хочеш потрапити.

Кейсі кивнула.

— Відповісти для себе на запитання: «Чому я тут?» Або, інакше кажучи, яке моє призначення, що його в нашому кафе називають МІ — метою існування. Це все одно що сказати Всесвіту: «Я хочу сюди».

Джессіка замислилася на кілька секунд.

— Це приголомшує. Звідки мені знати, яке в мене призначення?

— Скористайтеся пошуком.

— Чим?

— Ну, ви знаєте. У навігаторах є пошук. Якщо не знаєте точно, куди хочете, можете пошукати щось у потрібному ключі. «Італійські ресторани», «визначні місця», «національні парки»...

Джессіка розсміялася.

— А й справді, — всміхнулася Кейсі. — Життя влаштоване так само.

— Розумію, але не розумію.

— Гаразд. Уявіть, що ви за кермом. Уже досить давно за кермом. Що вас несподівано зупиняє?

Джессіка задумалася на хвильку.

— Я втомилася сидіти за кермом?

— Добре. А що тоді?

— Я вирішую зупинитися?

— Правильно, але що стається перед цим?

Джессіка розгубилася.

— Просто подумайте якусь хвильку, — сказала Кейсі. — Що стається перед тим, як ви вирішуєте зупинитись?

— Я про щось думаю. Думаю про те, чого хочу більше, ніж сидіти за кермом. У голові виникає якась думка чи ідея, і вона мені підказує, — захоплено промовила Джессіка.

Кейсі кивнула.

— Те саме тут. Ми щодня, щомиті дістаємо підказки. Така людина, як Джон, говорить про подорожі світом. Ми або не хочемо таке робити, або чуємо, як щось у душі каже: «*Годі їхати, рушаймо туди! Ми завжди цього хотіли! Чому ми не робимо цього зараз?*»

— Тут ідеться про тему чи конкретний пункт призначення?

— Залежить від людини. Може, це й не зовсім ваша мета існування, але чомусь, з якоїсь причини це дуже важливо.

Джессіка кивнула.

— Коли ми з Джоном розмовляли, він сказав, що ідея МІ його спершу приголомшила. Тож він почав із п'яти речей, які понад усе хотів зробити впродовж життя. За його словами, це було легше осягнути. Потім, коли він це робив, стало очевидним його призначення.

Кейсі кивнула.

— Для деяких людей це чудовий початок.

— А для інших?

— Дехто народжується, уже відчуваючи призначення. Такі люди знають його, скільки себе пам'ятають.

Кейсі ненадовго замовкла.

— Я розповім вам дещо ще. У всесвітнього навігатора та автонавігаторів є ще одна спільна риса.

— Яка?

— Вони стежать за вами. І змінюють те, що показують, залежно від того, що бачать.

# Розділ 29

Я підійшов до стільниці в кутку кухні й узяв свій наплічник.

— Так швидко йдеш? — запитав Майк і всміхнувся.

Я всміхнувся у відповідь.

— «Хто я такий, щоб цього не робити?» Хочу зафіксувати це, поки не забув.

Я розстебнув наплічник і дістав свій записник осяянь.

— Для чого це? — поцікавився Майк.

— Для таких моментів, — відповів я й написав нотатку на одній із чистих сторінок. — Коли я поїхав звідси минулого разу, моя голова так повнилася думками, ідеями та осяяннями... Я знав: якщо не записуватиму їх, дещо забуду. Тож тієї ночі я, поїхавши і знайшовши ту бензоколонку, про яку ти казав, купив маленьку книжечку й почав фіксувати свої осяяння.

— Як ти визначаєш, що є *осяянням*?

— Просто знаю це. Це коли я щось чую й негайно змінююся. Часом це якісь дрібниці, наприклад якийсь факт або цитата. Утім, здебільшого це чудові зразки життєвої мудрості. Як те, що ти щойно сказав. Чуючи їх, я розумію: якщо запам'ятаю й застосовуватиму цю мудрість там, де це доречно, моє життя зміниться на краще.

— Тому ти їх і записуєш?

Я кивнув.

— А що ти з ними робиш?

— Гортаю вночі, перш ніж лягти спати. Або, якщо день непростий, беру записник, вибираю сторінку навмання й починаю читати. Так я зосереджуюся. Надихаюся.

Майк усміхнувся.

— Мені це подобається. Можна глянути?

— Звісно.

Я перекинув записника йому. Він розгорнув книжечку навмання й зачитав уголос:

*«Я ніяк не можу це втратити. Жодної миті. Тепер, коли я це пережив, воно моє навіки».*

Майк усміхнувся.

— Про що тут ідеться?

— Якось уранці, посеред першого року мандрів, до мене прийшло досить потужне одкровення. Украй багато того, що ми вважаємо своїм, дуже плинне. Речі ламаються, втрачають цінність, їх крадуть... Зате враження належать людині довіку. Коли вони в неї виникають, їх ніхто не може відібрати. Щоб залишити враження собі, не треба сплачувати податки, як на будинок. Їх не треба ховати під замком, як золото чи самоцвіти. Вони ваші. А ще їх можна відчувати знов і знов стільки разів, скільки заманеться, у будь-якому куточку світу. Це осяяння, яке ти щойно прочитав, справило на мене сильне враження. По-справжньому змінило мої уявлення про те, що робити із заробленими грішми. «Речі» стали не такими важливими. На перший план вийшли враження.

Майк кивнув.

— Мені це дуже до вподоби. Кумедно, що я навмання розгорнув записник саме на цьому осяянні. Зовсім недавно один із наших клієнтів поділився відомостями, які підтверджують твоє одкровення.

— Якими?

— Майже кожен п'ятий чоловік не доживає до пенсійного віку.

— Та ти жартуєш!

— Ні. Майже двадцять відсотків чоловіків помирає до шістдесяти п'яти років.

— Неймовірно. У поганому розумінні. Чому я не чув про це раніше? — Я простягнув руку. — Можна забрати записник? Я хочу зафіксувати цей факт.

Майк усміхнувся й кинув мені записника.

— Як кепсько всім тим чоловікам, які відкладають, відкладають і відкладають гроші на пенсію, а тоді так і не пожинають плодів.

— Це серйозно, — відповів я. Швидко записав осяяння у книжечці, а тоді підвів погляд. — А ваш клієнт знав ще щось мудре?

— Так. Його покликали дати інтерв'ю на телебаченні про те, що робити з поверненими податками. Відкласти чи витратити? Тож він дещо підрахував, щоб визначити, що робити насправді.

— Ішлося про рішення відкладати чи витрачати, так?

— У певному розумінні. Хоча, як виявив ти зі своїм осяянням, слово «витрачання» може означати багато різного. Він хотів знайти якийсь приклад, що стосується вражень.

— І що?

— Просто неймовірно. Він виконував аналіз, ґрунтуючись на припущенні, що повернена сума становить п'ять тисяч доларів. Отже, питання ось у чому: витратити п'ять тисяч чи відкласти на пенсію? Він зібрав усі історичні дані по фондовому ринку. Тоді вніс поправки на інфляцію в минулому й вирахував реальну цінність цих п'яти тисяч у майбутньому. Зараз цьому хлопцеві сорок два, тож до його пенсійного віку гроші могли б рости ще двадцять три роки.

— І що показали результати?

— Ну, як і можна було очікувати, цінність грошей зросла б, якби він їх відклав. Урешті, у нього з'явилося б більше грошей на витрати після виходу на пенсію. — Майк трохи помовчав. — Однак з погляду вражень воно, в принципі, було того не варте.

— Чому?

— Ну, як цей клієнт пояснив в інтерв'ю на телебаченні, до нього дійшло, що рішення має бути таким. Того року можна повезти дружину та двох дітей-підлітків на три тижні машиною до Скелястих гір. Можна ходити в походи, на риболовлю, займатися рафтингом, банджі-джампінгом, кататися на гірських велосипедах і робити ще багато чого. Усе це було б класним родинним відпочинком і породило б безліч чудових спогадів. А вони, згідно з твоїм осяянням, належать людині вічно.

Майк зупинився й ковтнув води.

— А можна відкласти ці гроші — хай вони збільшують цінність. Двадцять три роки по тому вона зросла б достатньо, щоб вирушити в таку подорож двічі.

— От тільки його діти тоді вже не були б підлітками, — зауважив я. — А ще він двадцять три роки не сміявся й не всміхався б, згадуючи цю мандрівку. Я вже мовчу про те, що займатися рафтингом, банджі-джампінгом і всім іншим у сорок два роки дещо простіше, ніж у шістдесят п'ять.

— Особливо якщо ти — один із п'ятьох чоловіків, який не доживає до шістдесяти п'яти, — докинув Майк.

— Усе серйозно, — відказав я. — Оце так. Тепер, з такого погляду, відмова від цього досвіду здається жахливим вибором.

Я недовірливо поглянув на Майка.

— Ти певен, що твій клієнт не схибив із цифрами?

Майк кивнув.

— Я знаю, що не схибив. Він докладно про них розповів. — Майк ще раз усміхнувся. — Ця людина — не лише клієнт кафе, а й мій фахівець із фінансового планування. Геній у всьому, що стосується цифр.

— Отже, він розповів цю історію під час інтерв'ю на телебаченні?

— Так. Пояснив, що не натякає, ніби відкладати гроші не потрібно. Він руками й ногами за те, щоб мати заощадження, рівні щонайменше піврічному чи річному доходу людини. Також він не відмовляв людей робити інвестиції заради пенсії. Проте, як сказав він сам, треба мати на увазі, які рішення приймаєш у реальному житті. Більшість людей працює заради грошей. Тож інвестуй їх так, щоб отримувати бажаний «реальний дохід». У його прикладі реальний дохід від фантастичної тритижневої відпустки з безліччю прекрасних вражень для всієї родини, які перетворюються на чудові сімейні спогади, має конкретну цінність. Вона для нього важливіша за можливість двічі вирушити в таку відпустку двадцять три роки по тому.

# Розділ 30

Джессіка спантеличено поглянула на Кейсі.

— За нами стежать Усесвіт і GPS?

— Ага.

— Як?

— У нових навігаторах є технологія, яка використовує алгоритми аналізу поведінки. Наприклад, якщо часто вирушаєте до італійських ресторанів, навігатор почне показувати вам списки італійських ресторанів, навіть коли ви його не просите. Може також ітися не про італійські ресторани, а про національні парки, водоспади чи торгові центри. Вони стежать за тим, на що ви витрачаєте час, а тоді дають можливість витратити на це ще більше часу.

— І ви хочете сказати, що так робить Усесвіт? — запитала Джессіка.

— Так. Розумієте, Усесвіт не просто слухає. Він ще й стежить.

— Тобто?

Кейсі всміхнулася.

— Тобто, коли хтось каже, що хоче інакшого життя... Більше свободи, приємнішого оточення... А потім по сорок-п'ятдесят годин на тиждень працює в маленькій кабінці на керівника який кепсько з ним поводиться...

— Усесвіт, достоту як навігатор, дає цій людині ще більше того, що начебто дуже їй подобається, — закінчила Джессіка.

— Саме так. Усесвіт неначе каже: «Ого, дивіться, як часто вона проводить там час! Вона, певно, від цього НЕСТЯМИТЬСЯ! Треба дати їй ще більше цього».

Голос Кейсі став тихішим.

— І це стосується не лише роботи. Усесвіт стежить за всім. За тим, у які стосунки ми вкладаємо сили, на яких думках зупиняємося надовго... Навіть які наші враження призводять до цих думок.

— Це дуже схоже на жорстокість, — сказала Джессіка.

Кейсі похитала головою.

— Розумію, так може здаватися. Та це не жорстокість. Це росте з простого засновку. Ми — істоти, яким властива свобода волі. Ми вибираємо, що робити, як робити, де проводити час, з ким тусуватися... З погляду логіки ми мали б вибирати ті дії, що дають позитивні емоції: радість, любов, задоволення, щастя, захват... Отже, Усесвіт насправді не жорстокий, а неймовірно щедрий. Спираючись на наші дії, думки, наміри, він надає саме те, на що ми вказуємо як на бажане для себе.

Джессіку пройняв дрож. Кейсі помітила її реакцію.

— Ви в нормі?

Джессіка кивнула:

— Це сильно.

Кейсі теж кивнула:

— Аякже! Усвідомлення, що ми повсякчас маємо доступ до неймовірної системи скеровування. І що вона може вивести назад на потрібний шлях, хай як далеко ми начебто від нього відхилилися. А ще — усвідомлення того, що цю систему скеровуємо *ми*. Вона реагує на *наші* дії, тобто ми не просто актори у п'єсі, а ще й режисери.

Джессіка поглянула на Кейсі.

— Як мені до неї під'єднатися?

— Ви вже до неї під'єднані. Від'єднатися ви не можете. Кожну мить ви творите разом із цією керівною силою. Ви показуєте, чого хочете, а всесвітній навігатор створює відповідні можливості.

— Але моє з'єднання мені не подобається. Я хочу, щоб навігатор перестав надавати такі можливості, як зараз.

Кейсі всміхнулася.

— Введіть новий пункт призначення. Почніть показувати всесвітньому навігатору нові вподобання.

— Невже все так просто?

Кейсі кивнула.

— Так просто.

Джессіка замислилася на кілька секунд.

— Скільки часу мине, перш ніж він почне надавати нові можливості?

— По-різному буває. Яким чітким буде ваш сигнал про справжні бажання? Коли люди кажуть, що хочуть піти з токсичних стосунків, але знов і знов повертаються до них, вони надсилають такий сигнал: «Я хочу більше токсичності у стосунках». Байдуже, що вони кажуть. Важить те, що вони роблять. У кожного з нас накопичилася певна історія, як у водійському навігаторі. Спочатку ця історія визначає, що нам пропонують. Однак коли алгоритм бачить, що ми більше не надсилаємо запитів про італійські ресторани, а натомість просимо китайських…

— Він перестає пропонувати італійські ресторани й починає пропонувати китайські, — сказала Джессіка.

— Точно. Він не намагається бути жорстоким. Він не думає: «Ой, погляньмо, чи зможу я вмовити цю людину поїсти італійської кухні й сьогодні».

Джессіка засміялася.

— Темний бік навігатора.

— Отож бо. Темного боку немає. Він навчається, щось пропонує й адаптується до нас.

У Джессіки раптом округлились очі.

— А видалити дещо можна?

Кейсі всміхнулася.

— Про що ви?

— У навігаторі своєї машини я можу видалити історію пошуку. Можу прибрати п'ятдесят запитів на італійські ресторани. Так я починаю з нуля. Мені не треба відвідати п'ятдесят один китайський ресторан, перш ніж до пристрою дійде, що тепер я хочу його більше, ніж італійську кухню. Щойно я їду до одного китайського ресторану, навігатор починає вважати це моїм новим уподобанням.

Джессіка була захоплена почутим. Кейсі помітила це по її очах.

— Так можна зробити? — спитала Джессіка.

Кейсі кивнула.

— Молодчина, Джессіко. Ви щойно розкусили одну з найпотужніших властивостей усесвітнього навігатора.

Джессіка всміхалася на весь рот.

— Шикарно! І як нею скористатись? Як щось видалити?

— Змініть дещо.

— Ні, я не хочу просто щось міняти. Я хочу видалити минуле. Як у автонавігаторі.

— Джессіко, це не зовсім те саме. Ваше минуле — це ваше минуле. Його не можна отак повністю видалити.

Джессіка раптом сильно зажурилася.

— Але ж ви начебто казали, що можна? Ви ж ніби сказали, що я розкусила одну з найпотужніших властивостей усесвітнього навігатора.

# Розділ 31

Я записав у щоденнику ще дещо.

— Чудова історія, Майку. Здається, твій фахівець із фінансового планування — дуже цікава людина. Я хотів би з ним зустрітися.

Майк кивнув.

— Він цікавий. Сприймає роботу геть не так, як більшість його колег.

— Здається, він дуже справжній, — відповів я. — Не намагається щось приховати чи видати за щось інше.

— Саме тому він незмірно успішніший за своїх колег, — додав Майк. — І саме тому він ще й незмірно щасливіший за них. Як каже він сам, тяжко бути щасливим, день за днем умовляючи людей робити те, що, як ти знаєш, їм не підходить.

Майк усміхнувся.

— І він також робить дещо ще. Дуже потужне.

— Що саме?

— Дай-но трохи подумати, щоб я висловився правильно. — Майк помовчав кілька секунд. — Гаразд. Уявімо, що в тебе є тисяча доларів, які можна інвестувати.

— Так.

— За перший рік у тебе п'ятдесят відсотків інвестиційних втрат.

— Звучить кепсько.

— Зате наступного року ти отримуєш прибуток — п'ятдесят відсотків.

— Оце мені вже більше до вподоби, — усміхнувся я.

Майк усміхнувся й собі.

— Який середній дохід за ці два роки?

Я замислився.

— Подивімось... Перший рік — мінус п'ятдесят відсотків, другий рік — плюс п'ятдесят відсотків. Мій середній дохід нульовий.

— Правильно. А скільки грошей у тебе залишається після цих двох років?

— Тисяча доларів. Оскільки дохід нульовий, у мене все одно тисяча доларів.

Я зупинився на хвильку. Розумів, що це неправильно. Однак видається правильним...

— Ого, — промовив я за хвилину. — Не тисяча доларів. Набагато *менше* за тисячу доларів.

Майк кивнув.

— На тимчасовому спантеличенні, яке щойно тебе спіткало, ґрунтується одне з найцікавіших осяянь, якими ділиться мій друг. Ти маєш рацію. Не тисяча доларів. Спершу в тебе тисяча, а тоді ти втрачаєш п'ятдесят відсотків. Тобто в тебе залишається...

— П'ятсот доларів, — відповів я.

— Точно. А тоді ти заробляєш п'ятдесят відсотків від них. Отже, у тебе...

— Сімсот п'ятдесят доларів, — випалив я. — Жах. Середній дохід за два роки в мене був нульовий, але насправді я втратив двадцять п'ять відсотків грошей!

Майк кивнув.

— Однак яку цифру називають усі, коли говорять про фінансові доходи від інвестицій?

— Середній дохід?

Майк знову кивнув.

— Атож. І саме такі речі дуже тривожать мого друга. Це заплутує людей і приховує їхні справжні доходи. Вони отримують неправдиву інформацію, приймають кепські рішення, а тоді не мають реальної можливості жити так, як хочуть. Тому мій товариш заповзявся руйнувати міфи, щоб люди могли приймати добрі рішення. Такі рішення, що надаватимуть їм змогу якомога ближче підходити до мети існування.

Я кивнув.

— Не хочу надто вдаватися в подробиці, але можна одне запитання?

— Звісно.

— Якщо цифра середнього доходу вводить в оману, який показник, на думку твого друга, кращий?

— Такий собі ССВЗ. Тобто складний середній відсоток зростання.

— Я вже приголомшений, — усміхнувся я.

— Насправді це простіше, ніж звучить, — відказав Майк. — Це означає лиш ось що. Якщо поглянути на гроші, які ти маєш на початку, а тоді на те, що залишається наприкінці, то яким був твій реальний дохід від цих грошей? У певному розумінні ти вже зробив це з нашим давнішим прикладом.

— Справді?

— Ага. Ти усвідомив: якщо починати з тисячі доларів, а за два роки отримати сімсот п'ятдесят, то ми втратили двадцять п'ять відсотків грошей. Отже, реальний дохід — мінус двадцять п'ять відсотків.

Я записав у щоденнику осіянь ще дещо.

— Отже, якщо я хочу дізнатися правду, то маю питати про реальний дохід, а не про середній?

Майк знову кивнув.

— Як каже мій друг, один із цих показників — правда, а інший — чудовий спосіб приховати правду. Краще дізнатися правду.

— Якось сумно, — сказав я.

— Що сумно?

— Що люди не просто кажуть, як воно є.

— Це одна з великих пригод у житті, Джоне. Усвідомити, що не в усіх стрілка морального компаса показує в один бік. А тоді знайти та впустити в життя людей, у яких моральний компас працює так само, як у тебе.

# Розділ 32

— Ваше минуле існує не просто так, — сказала Кейсі. — Якби не ваше минуле, не було б цієї миті.

— Однак мені не подобається моє минуле.

— Це нормально. Воно не має лише подобатися. А ще його не потрібно переживати заново. Достатньо… визнати ту роль, яку минуле відіграло на вашому шляху до цієї миті.

Кейсі поглянула на Джессіку.

— Якщо повернутися в минуле достатньо далеко, можна побачити, що все має сенс. Зробити це набагато простіше, якщо знаєте, який новий пункт призначення хочете ввести у всесвітній навігатор. Чітко це усвідомивши, ви зможете побачити, як різні частини минулого підготували вас до нового шляху. Тоді стає зрозуміло, що весь цей час ви насправді не були загублені. З вами всю дорогу був Усесвіт.

Він допомагав вам, скеровував вас, готував до миті, коли ви виберете собі МІ та скажете: «Я хочу туди».

— Отже, мені не потрібно нічого видаляти?

Кейсі похитала головою.

— Ні.

— Тоді чому ви сказали, що це щось дуже потужне?

— У автонавігаторі видалення — річ потужна. Воно перезапускає комп'ютер, а тоді ви починаєте заново. У житті те саме трапляється після різкого зсуву. Він посилає Всесвіту дуже потужний і чіткий сигнал, щоб почати перезавантаження.

— Різкого? Наскільки різкого?

— Залежить від людини. Це може бути завершення якихось стосунків. Або ж людина, навпаки, може відкрити серце й дозволити стосункам розпочатися. Що різкіша зміна, що більше сил і часу вкладено в неї, то потужніший і чіткіший сигнал лунає.

— І потужніше перезавантаження? — спитала Джессіка.

Кейсі кивнула.

— І потужніше перезавантаження. Показуйте завзято, чітко, упевнено — і Всесвіт відповість тим самим.

— Це складно уявити.

— Пригадайте своє життя до цієї миті. Так осягнути все це найпростіше. Замислившись над тим, як ваше життя змінювалося чи не змінювалося в різні моменти, ви зрозумієте, що тепер усе це має сенс.

Джессіка трохи помовчала, осмислюючи почуте, а тоді різко підвелася.

— З вами все гаразд? — запитала Кейсі.

Джессіка кивнула й усміхнулася. Це була найщиріша її усмішка, яку досі бачила Кейсі.

— Краще, ніж гаразд. Я відчуваю якусь легкість. Наче... не знаю. Мабуть, це прозвучить божевільно, та... я наче можу літати.

Джессіка поглянула туди, де в припливних заводях грались Емма й Софія.

— Зараз повернуся, — сказала вона й скинула черевики.

— Ви куди? — усміхаючись, спитала Кейсі.

Джессіка побігла до дівчат і гукнула у відповідь:

— Спитаю Емму, чи навчить вона мене кататися на серфі.

# Розділ 33

Спершу я почув, як Кейсі, Джессіка та Емма сміються, а вже тоді їх побачив.

— Там, певно, сталося щось хороше, — сказав Майкові. — Якийсь енергетичний зсув. Я відчуваю його в їхньому сміху.

Майк кивнув і підвівся зі стільця.

— Варто стати до роботи над дошками. Нам їх знадобиться ще кілька.

— А хто?.. — заговорив я, але Майк уже майже вийшов за двері.

— Джоне! Джоне! Хочеш із нами?

То була Емма. Вона бігла стежкою. Її обличчя осяяла широчезна усмішка.

Я визирнув із віконця замовлень.

— Привіт, Еммо.

— Хочеш із нами? — спитала вона знову. — Ми йдемо кататися на серфі. Джессіка хоче, щоб я її навчила. Хочеш із нами?

Я всміхнувся. І звідки Майк знав?

— Звісно, — відповів я Еммі. — Дуже хочу.

За кілька секунд до нас стежиною підійшли Джессіка й Кейсі. Енергетичний зсув точно стався. Джессіка тепер здавалася неймовірно жвавою. Усміхалася, сміялася і явно була в захваті. Неначе звільнилася від тягаря, який несла раніше, а тепер стала така легенька, що могла б ходити в повітрі.

— Здається, ви добре побавилися на гойдалках, — сказав я, коли вони підійшли до кафе.

Джессіка кивнула й усміхнулася.

— Так добре, що це змінило моє життя.

Вона поклала руки на прилавок і сказала:

— Ми йдемо *кататися на серфі*.

Я ще не чув, щоб вона говорила таким тоном. Він, як і її теперішній вигляд, був дуже енергійний, сповнений життя й веселощів.

— Ти з нами, Джоне? — спитала Кейсі.

— Був би дуже радий піти з вами. Власне, я щойно сказав Еммі, що піду. — Я окинув поглядом кафе. — Утім, якщо треба, щоб тут хтось залишився, я радо про все подбаю.

— Та не треба, — відповіла Кейсі, ввійшла в кафе й попрямувала до місця біля парадних дверей. Я пішов за нею. Перебравши речі під касою, вона витягнула маленьку табличку на мотузці.

— Ідеально, — сказала Кейсі.

— Що це? — запитав я.

— Подарунок від одного з наших клієнтів.

Вона повернула табличку так, щоб я її побачив. То був довгастий шматок плаского плавнику. На ньому було написано: «Відпросилися за станом здоров'я. Повернемося згодом».

Кейсі повісила її на парадні двері словами назовні, щоб їх бачили всі, хто наблизиться до кафе.

— Що означає «Відпросилися за станом здоров'я»? — спитав я, коли ми повернулися на кухню.

— Хіба це не чудовий вираз? — сказала Кейсі у відповідь і почала обмазуватися сонцезахисним кремом. — Його мене навчив один наш клієнт. Він сказав, що більшість людей знає, як це — відпрошуватися через хворобу. Фактично люди терплять усе життя, аж доки не починають хворіти так, що доводиться зробити перерву. А тоді впродовж цієї перерви видужують від того, через що захворіли. Просто щоб повернутися до того самого. Наш клієнт сказав, що одне з найбільших одкровень у його житті сталося, коли він почав раз у раз дозволяти собі «відпрошуватися за станом здоров'я». Тобто він ні сіло ні впало, коли сили підказували йому, що пора це зробити, «відпрошувався за станом здоров'я» й робив щось із того, що любив найбільше.

— Вираз чудовий, — відповів я. Потягнувся до свого записника осяянь і швидко нашкрябав: «Дозволяй собі час від часу відпрошуватися за станом здоров'я».

Кейсі кивнула на мій щоденник.

— Записуєш сьогодні щось гарне?

— Так.

Вона закрутила кришечку сонцезахисного крему й кинула його мені.

— Ходімо кататися.

# Розділ 34

Я вийшов із вбиральні й попрямував до чорного ходу. Джессіка саме виходила з дамської кімнати.

— Готові до серфінгу? — спитав я її.

Вона всміхнулася.

— Цілком. Дуже рада, що сьогодні вранці закинула в автівку купальник. Коли це спало мені на думку, ідея здавалася божевільною. Проте щоразу, коли я намагалася її зігнорувати, щось казало: «ВІЗЬМИ ЙОГО!» — Джессіка засміялася. — Тепер розумію чому.

— Прекрасно, — відповів я. Зі мною, коли прокинувся, сталося дещо подібне. Я планував проїхатися на велосипеді, та щось весь час повторювало: «Візьми із собою шорти для плавання». Тепер я також знав чому.

Ми вийшли з кафе через чорний хід на пісок і проминули столики. Емма та Майк уже були на місці. Майк притулив до гілки одного з дерев п'ять дощок для серфінгу.

— Де Кейсі? — спитала Джессіка.

— Вона буде тут, — відповіла Емма. — Катається вона вже добре, тож може пропустити урок.

Тут задні двері кафе відчинились. Я побачив Кейсі. З нею була ще одна людина.

— Ого, як яскраво, — зауважив я та прикрив очі. Сонце неначе раптом стало сліпучим, і я майже не бачив ані Кейсі, ані людини з нею.

— Це серйозно, — додала Джессіка, яка теж прикрила очі.

— Тату, це... — заговорила Емма.

Майк усміхнувся й нахилився до неї.

— Кокосику, тобі буде комфортно навчати Джессіку? Якщо можеш зайнятися наземною підготовкою, я піду привітаюся з нашим клієнтом. А тоді вийду й допоможу з уроками у воді.

— Звісно, — відповіла Емма.

Майк міцно її обняв і поцілував у маківку.

— Дякую, Кокосику.

— Тату, — мовила Емма, коли Майк підвівся. — Тату!

Майк усміхнувся.

— Що таке?

Емма жестом попросила Майка нахилитись, а коли він нахилився, прошепотіла щось на вухо. Майк знов усміхнувся й відповів:

— Гаразд.

Тоді Емма помчала до кафе, гукнувши через плече:

— Зараз повернусь!

Я підніс руку до очей, намагаючись постежити за дівчинкою. Однак сонце було надто яскраве. Я начебто побачив, як Емма обняла клієнта, але розгледіти це було дуже складно. Намагаючись на це поглянути, я на мить відчув, що в клієнті є дещо дуже знайоме. А тоді світло знову стало надто яскравим, і мені довелося на мить заплющити очі.

— Джессіко, це для вас, — сказав Майк. — Джоне, може, спробуєш цього разу?

Я відвернувся від кафе й знову поглянув на океан. Майк стояв поряд із дошками й показував рукою на дві різні дошки.

Ми з Джессікою підійшли до своїх серфів.

— Джессіко, ви колись займалися серфінгом? — запитав Майк.

— Ніколи.

— Що ж, тоді сьогодні у вашому житті почнеться дещо чудове.

Джессіка всміхнулася.

— У певному розумінні вже почалося.

Майк теж усміхнувся.

— Навіть краще. Що ж, почнімо з основ тут, на березі. Зокрема, я покажу, як нести дошку. Тоді ми з вами зайдемо у воду й покатаємося на хвилях. Емма має величезний досвід катання на хвилях. Ми з Кейсі теж. Джон не надто від нас відстає.

Майк мав рацію. Величезного досвіду я не мав, але катався вже чимало. Йому я про це ніколи не казав, але він, здавалося, просто знав це, як і безліч інших речей.

— Отже, як тримати дошку... — почав Майк.

— Я сама! Я сама, тату! — ледь видихнула Емма.

Повернувшись, ми побачили, як вона мчить до нас.

— Я сама!

Майк усміхнувся.

— Тоді я зараз поступлюся місцем одній із найкращих наших інструкторок. — Він погладив Емму по голівці. — Якщо знадоблюся, поклич мене. За кілька хвилин підійду до тебе на берег.

Поки Майк пішов у кафе, Емма взяла свою дошку.

— Джессіко, ти ДУЖЕ полюбиш серфінг! — сказала вона із захватом у голосі. — А втім, перш ніж лізти у воду, тобі важливо зрозуміти основи.

Емма поклала дошку на пісок.

— Гаразд, усім узяти дошки та обережно покласти їх на пісок поряд із моєю.

Ми з Джессікою поклали дошки на пісок переднім кінцем до океану.

— Серфінг — це трохи техніки, трохи рівноваги й дуже багато ритму та енергії, — пояснила Емма. — Тут я покажу техніку, а всім іншим ми займемось у воді.

Я всміхнувся. Як же чудово, що ця маленька семирічна дівчинка впевнена в собі й так спокійно ставиться до того, що знає, наче може без страху цього навчати. До того ж навчати людей, на кількадесят років старших за себе.

За наступні двадцять хвилин Емма навчила Джессіку основ серфінгу. Як нести дошку. Як переходити із хвиль до спокійних вод. Як підводитися на дошці, спіймавши хвилю. Як правильно розміщувати стопи й руки, щоб утримати рівновагу. Як найбезпечніше падати, коли починаєш з'їжджати...

— Найпопулярніша помилка — надто рано спробувати встати, — пояснила Емма. — Пам'ятай: коли починаєш відчувати, як енергія хвилі жене тебе вперед, греби далі! Цей імпульс — лише початок дечого чудового. Коли відчуєш його, зроби три добрі, старанні й глибокі гребки. Тоді підведися — і приємного катання. Якщо спробуєш підвестися, тільки відчувши імпульс, то енергія хвилі не встигне розігнатися. Твоєї ваги буде забагато, тож ти не встигнеш за хвилею.

— А що буде тоді? — спитала Джессіка.

— Ну, ти пропустиш хвилю. Вона підкотиться під тебе, і ти опинишся позаду неї. До того ж, що дуже важливо, усю ту енергію, яку вкладеш на початку, буде втрачено. Бо тепер доведеться гребти назад, за прибій. А коли хвилі чудові й великі, це забирає багато часу та сил.

Емма всміхнулася й трохи потанцювала.

— А ти ж хочеш увесь день *кататись*, а не гребти.

Порада була чудова. Коли я тільки навчився кататись, мені ніхто не розповідав про три додаткові гребки. Я весь ранок губив хвилі й виснажувався, просто відгрібаючи назад, за прибій.

Джессіка всміхнулася.

— Добре, тренерко. Дозволь пригадати, що треба робити, коли я опинюся там, — просто щоб упевнитися, що все зрозуміла. Спершу я вибираю хвилю. Після цього, лежачи на дошці, обертаюся й розміщуюся так, щоб її спіймати. А тоді починаю гребти. Відчувши енергію хвилі, не зупиняюсь, а роблю ще три добрі гребки. По тому підводжуся й виходжу на неї.

Емма променисто всміхнулася.

— Точно! Ти все зрозуміла, Джессіко.

# Розділ 35

Я всміхнувся. Після попередніх відвідин кафе я незліченну кількість разів усвідомлював, як незначні уроки тісно пов'язані з важливими. Поки слухав, як Емма навчає Джессіку кататися на серфі, мене знов осяяло.

Усе, що вона розповідає, може бути частиною курсу про життя.

*«Вибери хвилю»*.

Це те саме, що вибрати, куди йти. Це мета існування людини. А в мене — велика п'ятірка для життя, а вже потім — МІ, адже МІ була надто масштабна, щоб я відразу її осягнув.

*«Розміститися разом із дошкою так, щоб спіймати хвилю»*.

Це все одно що підготуватися до того життя, яке хочеш мати. Наприклад, привести думки, емоції й дії у відповідність до намірів. Діяти так, як хочеш жити. І навіть буквально вирушити в те місце, де можна відчути те, що хочеш. Або ж перейти в потрібне оточення чи прийти до потрібних людей, щоб мати найвищі шанси на успіх.

*«Починай гребти».*

Дій. Починай пригоду. Наважся! Скільки разів я зустрічав людей із чудовими мріями... От тільки вони нічого не робили, щоб обернути ці мрії на реальність.

*«Коли відчуєш енергію хвилі, не зупиняйся. Зроби ще кілька гребків, щоб потрапити в течію».*

Як часто я бачив людей, які здавалися саме тоді, коли от-от мали пережити щось неймовірне! Підіймали голову їхні страхи, або ж ті люди ставали ледачими в діях чи намірах. Течія була, але вони зупинялися зовсім поряд із нею. А тоді мусили витрачати багацько сил, щоб почати з нуля.

*«Осідлай хвилю».*

Насолоджуйся! Якщо просто гребти, гребти та знову гребти, життя стає нудним. Людина вигоряє. Суть не в тому, щоб вічно готуватися до насолоди від життя, а в тому, щоб справді ним насолоджуватися. Осідлати хвилю.

Усе це було в її словах. Таке просте. Таке глибоке. І всього цього навчала семирічна дитина.

— Гаразд, — мовила Джессіка. — Я готова. Лізьмо у воду!

— Спершу потренуймося, — запропонувала Емма й показала на дошки в піску.

— У піску? — здивовано перепитала Джессіка.

— Ага. Ми опануємо техніку в такому безпечному й простому середовищі, як пісок. Тут нас не перекине жодна хвиля. Так, коли дістанемося води, ти вже добре знатимеш, що робити, і це не лякатиме. Гаразд, усі на дошки, готуймося гребти! — захоплено оголосила Емма й лягла на дошку.

Я всміхнувся й теж ліг на дошку. «Ще один чудовий життєвий урок», — подумав я.

# Розділ 36

— Усі готові до серфінгу?

Це був Майк. Вони з Кейсі тримали дошки в руках і йшли до нас.

— Майже, — озвалася Джессіка й повернулася до Емми: — Можеш показати мені ту штуку ще раз?

— Звісно!

Емма докладно продемонструвала Джессіці, як відштовхуватися від дошки й ставати на ноги. А тоді правильно розміщувати руки й ноги, щоб не втратити рівноваги.

— Ти готова, — заявила Емма. — Наступна зупинка — ХВИЛІ!

Вона затанцювала в піску.

Майк підхопив доньку й перевернув зі словами:

— Серфінг догори дриґом!

Емма розсміялася й запручалася.

— Ще! Ще! — попросила Емма, коли Майк поставив її на землю. — Ще раз.

Майк повторив, і вона засміялася ще дужче.

— Ну, добре, — сказав Майк, поставивши її вдруге. — Ходімо!

Емма пішла до берега першою. Діставшись краю води, закріпила на щиколотці ремінець від дошки й забрела у воду разом із нею.

— Ти в нормі? — спитала Джессіку Кейсі.

Джессіка морочилася з ремінцем і неначе якось вагалася.

— П'ять хвилин тому, коли ми стояли там, це було цілком очевидно, — відповіла вона. — Я була цілком готова піти. Навіть думала, що треба просто починати у воді. А тепер ми тут. — Джессіка поглянула на хвилі. — І в мене, здається, калатає серце.

Кейсі всміхнулась і сказала:

— Між почуттями страху і захвату дуже тонка грань. Інколи про цю різницю забуваєш, якщо деякий час не дозволяти собі захоплюватися життям.

— Я не хочу впасти, — заявила Джессіка.

— Без цього не можна навчитися вставати, — відказала Кейсі й виштовхнула її дошку у воду. — Ну ж бо. Ми весь час будемо з тобою.

Кейсі позирнула на мене.

Я всміхнувся їй і сказав:

— Ти можеш, Джессіко.

— Джоне, у тебе є якісь осяяння для неї? — спитала Кейсі.

Тепер я вже лежав на дошці й починав помалу вигрібати у воду. Трохи розвернувся й усміхнувся.

— Кожен фахівець попервах не знав нічого про те, у чому згодом став майстром.

Джессіка всміхнулася, поклала дошку на воду й лягла на неї.

— Час перетворюватися на фахівця, — сказала вона й почала гребти.

# Розділ 37

Майк і Емма були чудовими вчителями. Спершу вони запустили Джессіку в баранці на хвилях. Майк притримував їй дошку й штовхнув її саме тоді, коли було потрібно. Емма пливла на дошці поряд, стежачи за тим, що Джессіка робить правильно чи неправильно, а тоді пояснювала це їй.

Перші чотири рази Джессіка впала. Однак потім, із п'ятої спроби, встала й доїхала на дошці аж до берега. Це її досягнення не могло потрапити до збірок найкращих кадрів серфінгу. Джессіка хиталася, крутилася й пів десятка разів мало не впала, але їй вдалося.

Ми раділи за неї як навіжені.

Потроху, хвиля за хвилею, Джессіка призвичаювалася дедалі більше. Починала перетворюватися на фахівця. Невдовзі Майк уже не мусив її штовхати. Вона розібралася з часом руху хвиль і навчилася відштовхуватися сама. За якийсь час Джессіка вирішила, що хоче перейти від серфінгу на баранцях до катання на маленьких хвильках.

— Їй це справді добре вдається! — захоплено сказала Емма. Вона якийсь час побула з Джессікою серед маленьких хвильок, а тепер вигребла просто за прибій, туди, де каталися ми з Кейсі й Майком. Джессіка залишалася біля берега.

— Ти справді добра тренерка, Еммо, — мовив я. — І дуже добре вчинила, так надовго залишившись із Джессікою серед маленьких хвильок. Особливо зважаючи на те, що в тебе наче немає проблем із великими хвилями.

Емма знизала плечима.

— Мене так тато навчав.

— Знаєш що, Кокосику? — промовив Майк і постукав по Емминій дошці. — Якщо хочеш покататися на великих хвилях із Джоном та Кейсі, я піду нагляну за Джессікою.

Емма кивнула.

— Гаразд.

— Можете приглянути за нею? — спитав Майк і показав на Емму.

— Без проблем, — сказав я. — Усе одно я тут переважно розслабляюся.

Майк кивнув.

— Якщо знадоблюся, поклич мене, Кокосику.

Тоді розвернув дошку до берега й погріб до Джессіки.

— Великі хвилі насувають, — сказала Емма.

Я озирнувся. Наближалися кілька великих хвиль.

— І всі вони твої, — відповів я і всміхнувся. — Моїм плечам треба трохи відпочити.

Я сів та осідлав дошку. Кейсі зробила те саме. Емма повернулася й погребла. Під нами з'явилася велика хвиля, і на мить Емма зникла з поля зору. Я з власного досвіду знав, що вона гребе, як навісна, по той бік хвилі. За мить ми побачили, як Емма їде на дошці.

— Їй добре вдається, — зауважив я.

Кейсі кивнула.

— Майк поставив Емму на дошку, коли їй було три. У чотири вона каталася на баранцях. До п'яти років почала сідлати чималі хвилі.

— Здається, їй подобається.

— Так і є.

Я поглянув на берег і побачив, як Майк катається разом із Джессікою.

— Що там у Джессіки?

Кейсі всміхнулася.

— Крім серфінгу?

Я кивнув.

— Джессіка зможе. Вона бореться із внутрішніми демонами. З уявленнями про те, хто вона така й що може запропонувати. Однак їй усе-таки вдасться. — Кейсі повернулася до мене. — А ти як?

Я простягнув руки.

— Займаючись цим, важко почуватися гірше, ніж чудово. Це дуже хороший канал.

— Що?

Я всміхнувся.

— Дуже хороший канал.

Вона теж усміхнулась.

— І що це означає в цьому контексті?

— Якось я сидів у кафе просто неба. Тоді я саме відклав досить грошей, щоб знову рушити в мандри, і працював над списком речей, які потрібно взяти з собою. За сусіднім столиком двоє чоловіків говорили про те, що зі світом не так. Згадували уряд, освітню систему, те, як люди зловживають допомогою по безробіттю, спад фондового ринку... Вони докладно розбирали все на світі. Поки там сидів, у мене чомусь сталося величезне осяяння.

— Яке ти записав у своїй книжці осяянь.

Я всміхнувся.

— Так.

— І що то було за осяяння?

— Уяви, що життя — це сто телеканалів. Комедії, драми, поточні події, кулінарні реаліті-шоу, новини, спорт... Список можна продовжувати нескінченно. Деякі канали ти обожнюєш. Деякі тобі подобаються. Деякі — начебто подобаються. А три канали *дуже* тебе дратують. І навіть геть осоружні. Тобі не віриться, що тамтешні програми пускають на телебачення. Моє осяяння полягало в тому, що багато хто проводить життя, переглядаючи ті три канали, які дуже дратують. Спершу люди натрапляють на них випадково. А потім вирішують, що вони такі неприємні, такі образливі, що відчувають себе зобов'язаними розповісти про них усім. З цього люди починають усі дискусії. «Чули про?.. Хіба не жахливо, що *це* сталося чи що *ту* людину щойно застукали за?..» І щоб просто знов і знов доводити собі, які жахливі ті канали...

— Вони весь час їх дивляться, — додала Кейсі.

Я кивнув.

— Точно! Це поглинає їх із головою. Вони так занурюються у три канали, яких страшенно не люблять, що перестають дивитись інші дев'яносто сім. З часом такі люди геть перестають згадувати про решту дев'яносто сім каналів. Зрештою вони забувають, що інші канали взагалі є.

— Отже, це, — сказала Кейсі, показавши на сонце та океан, — хороший канал.

— Неймовірний, — відповів я. — Я певен, що цієї миті хтось робить щось таке, що мені здалося б огидним. І я міг би зосередитися думками на тому, як це неправильно, несправедливо чи егоїстично. Однак тоді я не помічав би всього цього.

— Тож ти не зважаєш на канали, які тобі не подобаються?

— Точно. А чудове тут ось що: з часом я забуваю, що ці канали взагалі є. Я так нечасто маю з ними справу, що можна подумати, ніби їх узагалі немає.

Кейсі всміхнулася.

— Що можуть сказати люди, одержимі трьома каналами, яких вони не люблять?

Я засміявся.

— Уже не раз і не двічі я про це з кимось говорив. Вони кажуть: якщо всім буде однаково, нічого не зміниться. Хтось має щось із цим зробити.

— І що?

Я знову засміявся.

— Я питаю їх, чи роблять вони щось із цим.

— І як вони сприймають таке запитання?

Я хитнув головою й усміхнувся.

— Не дуже добре. Тобто я роблю все по-доброму. Пояснюю, що розумію, як вони зацікавлені і як твердо переконані, що щось треба вдіяти. А вже *тоді* питаю, чи роблять вони щось із цим.

— І що?

Я всміхнувся.

— Ніколи не чув, щоб хтось казав, наче щось робить. Люди багато говорять про те, як усе погано й несправедливо. Однак ніхто з них не намагається щось змінити. Тож я пояснюю, що вирішив не давати чомусь мене дратувати, якщо не готовий витратити час на спробу змінити ситуацію. Це не означає, що вона мені подобається. Це просто означає, що я не витрачатиму на неї сил. Я вирішую дивитися інші канали.

— Що вони кажуть тоді?

— Більшість трохи збуджується і заявляє: «*Хтось* має щось вдіяти». Тоді я всміхаюсь і кажу їм, що вони ідеально підходять для того, щоб очолити цю ініціативу. Однак, якщо вони вирішують її не очолювати, я пропоную відпустити ситуацію й зосередитися на чомусь іншому.

— І як вони *це* сприймають?

— Зазвичай трохи сердяться й кажуть щось лихе. Колись це бентежило мене. Та в мене сталося ще одне осяяння.

# Розділ 38

Кейсі засміялась.

— І що це за осяяння?

— Гнів — це завжди вияв страху.

Кейсі кивнула.

— Я усвідомив: коли ми сердимося й питаємо себе: «Чому?», відповідь завжди зведена до певного страху. До нього, може, доведеться обмірковувати кілька етапів, але він є завжди. Наприклад, людина бачить статтю про нечесного політика, який узяв гроші за затвердження дозволу на будівництво. Читаючи цю статтю, людина обурюється. А коли говорить про це, то сердиться ще більше. Людина все розводиться й розводиться про нечесних політиків і про корупцію, яка вже повсюди... Що ж, у певному розумінні це логічно. Політик і справді зробив дещо недобре. Тож це несправедливо. Однак реагує ця людина аж надто бурхливо, як на свій стосунок до того, що сталося.

— Тому що вона боїться, — сказала Кейсі.

— Точно. Коли людина читає той матеріал про нечесного політика, у глибині її душі він розпалює вогонь страху. Людина побоюється, що не матиме змоги дістати дозвіл на будівництво, якщо той раптом їй знадобиться. Нечесний політик надасть дозвіл тому, хто заплатив за нього. А тоді в людини не буде можливості збудувати дім своєї мрії. Або ще гірше: ця людина не зможе мати власну домівку. Якщо вона не зможе її отримати, то буде безхатьком. Тоді вона буде голодна, не матиме прихистку й не зможе знайти роботу. У неї заберуть дітей. І... і... і...

— Урешті, людина доходить до страхів, дуже далеких від проблеми, з якої все почалося, — закінчила Кейсі.

Я кивнув.

— Це й вражає так сильно. Тому й опинилося в моїй книжці осяянь. Я усвідомив, що гнів — породження цих украй сумнівних і збіса нераціональних страхів. Зокрема й моїх. Тож тепер я щоразу, коли через щось серджуся, просто питаю себе: «Чого зараз боюся?» До мене тоді неймовірно швидко доходить, що мій гнів розпалює якийсь нераціональний страх, геть із цим не пов'язаний. Тому я зможу його відпустити.

Кейсі всміхнулась.

— І так завжди?

Я всміхнувся у відповідь.

— Поперваx було важкувато. Ну, тобто я загалом достатньо спокійний, але деякі речі по-справжньому бісили. І тоді я сердився. Завдяки осяянню я зрозумів, що насправді цей гнів — страх. Я міг довести, що він нічого мені не дає й не веде до якоїсь позитивної мети. Однак це було дивно. Час від часу мені почасти хотілося...

— Не відпускати гніву? — втрутилася Кейсі.

Я кивнув.

— Саме так! Наче цей гнів був паливом для чогось.

Я знизав плечима й розсміявся.

— Що таке?

— Одна з тих речей, які дуже допомогли, з'явилася, коли я сидів у крихітному аеропорту в Таїланді. По телевізору йшов старий мультик. Бачила колись такі старі мультики штибу «Тома й Джеррі», де в Тома на одному плечі маленький янгол, а на другому — маленький чортик? І обидва намагаються спонукати його чинити їхню волю? Я усвідомив: якщо гніву не відпускати, стається щось подібне. Та частина мого «я», яка обожнює життя й хоче зростати та перебувати у стані потоку, усвідомила, що справжня сила полягає в тому, щоб відпустити гнів і нераціональний страх. То був янгол на моєму плечі.

Я всміхнувся.

— Щоправда, гадаю, що в мене це радше безстрашна маленька істота, яка мандрує світом і дуже просвітлена.

Кейсі засміялась.

— А на другому плечі хто?

— На другому плечі печерна людинка, дуже сердита. Вона постійно живе в режимі «бийся або тікай». Весь час боїться того, що ховається за рогом, і в тисячу разів перебільшує всі страхи.

Кейсі знову засміялася.

— Незла візуалізація. Бій між просвітленим маленьким мандрівником і сердитою печерною людинкою.

— Щоправда, цього бою так і не сталося, — зауважив я. — То було велике осяяння всередині осяяння. Я подумав, що гнів — це паливо для печерної людинки. Однак усвідомив, що та просто боїться. Тож маленький просвітлений мандрівник сказав наляканій печерній людинці, що все буде гаразд. І з часом вони подружили й стали разом мандрувати світом. Саме це насправді й хотіла робити печерна людинка, тільки надто вже боялася спробувати.

Кейсі так сміялася, що я вже подумав, наче вона впаде з серфа.

— Ти справді все це продумав? — запитала вона.

Я теж засміявся.

— Часом, щоб позбутися безуму, треба бути трішки безумцем. А триматися за той нераціональний гнів однозначно було безумом.

— Отже, так ти й оцінив сердитих людей, що не відлипали від трьох телеканалів, які їм не подобалися. Правда? — запитала Кейсі. — Зрозумів, що їхній гнів — це насправді страх?

Я кивнув.

— Точно. Я зміг поглянути на них геть інакше. І побачив, що вони передусім бояться. Тому спробував поводитись, як мій маленький товариський просвітлений мандрівник, і казати їм, що все буде гаразд. Вони не стануть безхатьками, і в них ніхто не забере дітей… Усе буде гаразд.

— Як вони це сприймали?

Я знизав плечима й усміхнувся.

— Здається, найчастіше вони думають, що я божевільний. Однак байдуже. Я усвідомив, що все можна звести до досить простого рішення. Якщо тебе аж так цікавить щось, що ти хочеш змінити, то зміни його. Це чудово. Для деяких людей це стає МІ, і заради цього вони прокидаються щодня. — Я трохи помовчав. — Однак якщо тебе насправді не дуже цікавить, то можна спокійно присвячувати час і сили каналу, який не просто тебе засмучує.

— Боягуз помирає тисячею смертей, а сміливець — лиш один раз, — мовила Кейсі.

Я спантеличено поглянув на неї.

— Я сама дуже довго реагувала так на цей вислів, — сказала вона. — Чула його ще з дитинства, але він завжди лишався незрозумілим. А тоді якось розмовляла з клієнтом у кафе, і мене осяяло. Клієнт говорив про новинний сюжет, що сильно його збентежив. Про те, як люди зловживають системою охорони здоров'я заради безкоштовного лікування. Це, як і те, про що ти говорив, дуже мало стосувалось його повсякденного життя, однак він дозволяв собі сильно через це засмучуватися. Над ним узяв гору прихований страх. І що більше той клієнт думав і говорив про новинний сюжет, то сильніше сердився.

— Він помирав тисячею смертей? — запитав я.

Кейсі кивнула.

— Саме так. Боягуз живе в постійному страху перед усім, що може піти не так. В уяві, в думках він помирає тисячею смертей. Зате сміливець усвідомлює, як безглуздо дозволяти розуму виходити з-під контролю. Він живе так, як хоче жити.

Кейсі всміхнулася.

— Ми всі рано чи пізно помираємо. Це рано чи пізно станеться. Проте сміливець переживає це лиш один раз.

# Розділ 39

Ми з Кейсі, Майком, Еммою та Джессікою каталися на серфах кілька годин. Утомившись, поверталися на берег і відпочивали чи перекушували. А тоді відразу поверталися у воду. Аж не віриться, як легко проводити час за тим, що робить тебе щасливим. День пролетів непомітно.

З початком надвечір'я сонце стало опускатися нижче на обрії. Водночас у небі з'явилося прекрасне рожеве сяйво. Проміння призахідного сонця відбивалося від хмар, що скидалися на легенькі пір'їнки. Досконалість, яка розкинулася на обрії в обидва боки, скільки сягало око.

Ми всі вигребли просто за прибій і споглядали, як сонце невпинно опускається.

— Аж не віриться, що я це пропускала, — мовила Джессіка. — Була така заклопотана, що вже перестала дивитися на захід сонця.

— На дошці для серфінгу це ще краще, чи не так? — спитав Майк.

Джессіка кивнула й усміхнулася.

— Так.

Якийсь час ми всі мовчали. Об краї наших дощок били хвилі, у повітрі віяв легкий теплий вітерець, захід сонця був неймовірний... Усе ідеально.

Тишу порушив захоплений крик Джессіки.

— Морська черепаха! — вигукнула вона. — Дивіться, морська черепаха!

Я мимоволі позирнув на Кейсі. Під час моїх попередніх відвідин кафе вона розповіла історію про зелену морську черепаху. Суть історії була така: якщо ми не поводимось обережно, то витрачаємо час і сили, повністю присвячуючи себе тому, що взагалі не має для нас великого значення. А тоді, коли випадає нагода зайнятися тим, чим хочемо насправді, у нас на це не зостається часу чи сил.

Якщо ми не поводимось обережно, то здобуваємо життєвий досвід, геть не такий, як те життя, якого насправді хочемо. Усе це Кейсі яскраво усвідомила, стежачи за тим, як зелена морська черепаха взаємодіяла зі своїм середовищем.

Ця історія змінила моє життя. Я згадував її мало не щодня після ночі в кафе. А тепер ми тут, і ось, зовсім поряд, зелена морська черепаха! Досконалість щойно стала ще досконалішою. Я позирнув на черепаху, а тоді знову на Кейсі. Кейсі, яка саме дивилась на мене, підморгнула. А тоді кивнула на Джессіку й черепаху.

Я поглянув на них. Черепаха виринула зовсім поряд із дошкою Джессіки.

— Це Хону-Хону, — захоплено промовила Емма.

— Хону-Хону? — перепитала Джессіка.

— «Хону» — це гавайською «черепаха», — пояснив Майк.

— Бачиш, у неї на панцирі маленький горбик? — запитала Емма. — Ми час від часу зустрічаємо її тут. Я назвала її Хону-Хону.

— Неймовірно, — сказала Джессіка. Черепаха зупинилася всього за кілька футів від неї, і Джессіка не могла відвести очей.

— Кейсі згодом може розповісти чудову історію про зелену морську черепаху, — сказав я Джессіці.

— Справді? — відповіла вона й поглянула на Кейсі.

Та всміхнулася й озвалася:

— Звісно. Коли повернемося на берег.

Ми трохи постежили за Хону-Хону. Вона пересувалася у воді, не докладаючи жодних зусиль. Завжди пливла за течією, коли хвилі були з нею, і терпляче чекала, коли течія була проти неї.

— Приплив і відплив, — тихо сказав я собі.

Це почула Емма. Вона повернулася й глянула на мене.

— Що це означає?

— Рух води, — пояснив я. — Часом течія підштовхує, тягне вперед. Це приплив. Зусиль майже жодних. А часом течія прямує в протилежний бік. Відтягує від того місця, куди ти хочеш потрапити.

— Як тоді, коли закінчуєш кататися на серфі й намагаєшся повернутися на берег, — сказала Емма. — Хвиля підштовхує ближче, а тоді, діставшись берега, зникає, і нова хвиля тягне тебе назад.

— Саме так.

— Чому ти сказав це вголос?

Я кивнув і всміхнувся.

— Часом я кажу собі це, щоб нагадати: не треба паритися. Як на мене, життя — це дуже часто припливи й відпливи, як у хвилях на березі.

Я позирнув на Джессіку, а тоді поглянув на захід сонця.

— Під час відпливу здається, ніби все не так, як треба. Здається, ніби тебе відтягує чимдалі від того, чого хочеш досягти. Однак завжди є приплив. Завжди. Часом це легше пам'ятати, а часом важче.

Я поглянув на Емму й засміявся.

— Тож я привчив себе: коли здається, ніби я потрапив у *дуже сильний* відплив...

— Скоро буде приплив, — тихо закінчила Джессіка.

Я поглянув на неї й кивнув.

— Точно. Приплив і відплив. Приплив і відплив. Я заспокоююся, просто повторюючи це. Це нагадує мені, що скоро приплив.

# Розділ 40

Сонце вже майже опустилося за обрій.

— Час рушати назад, Кокосику.

Емма повернулася до Майка.

— Ще два рази. Можна ще два рази?

Майк усміхнувся.

— Ще два. — Він позирнув на хвилі. — Зараз буде перший.

Збиралася велика хвиля. Майк та Емма розвернули дошки й почали гребти. Емма озирнулася на нас і голосно запитала:

— Ви з нами?

— Наступного разу! — гукнула у відповідь Кейсі.

Хвиля пройшла під нами, і я почув, як захоплено закричали Емма з Майком, упіймавши її й підвівшись на дошках.

— Готові? — спитала Кейсі. Знову збиралася велика хвиля, що наближалася до нас.

— Я пас, — відповів я. — Спіймаю щось трішки менше.

— Я теж, — озвалася Джессіка.

— Побачимося на березі, — відповіла Кейсі й погребла. Хвиля опустилася під нас, а за кілька секунд ми побачили, як Кейсі, уставши на дошці, попливла до берега. Джессіка озирнулася на океан.

— День видався чудовим, — сказала вона. — Дякую, що вранці вмовили мене залишитися.

Я кивнув.

— Немає за що.

Кілька секунд ми споглядали океан.

— Знаєте, був такий час, коли я був ладен відмовитися від більшої частини життя, бо воно не дуже мені подобалося, — врешті сказав я.

— Як це?

— Уранці в понеділок я сидів і шкодував, що не можу прискорити годинник та відразу перейти до відбою в п'ятницю. Я щотижня був ладен відмовитися від п'яти днів життя, просто щоб перейти до днів, які мені подобались.

Я розвів руками.

— Таке складно уявити, коли усвідомлюєш, що можна щодня робити *це*.

— Що більше граєшся на своєму майданчику, то менше хочеться виходити за його межі, — зауважила Джессіка й усміхнулася. — Вибачте. Щойно усвідомила дещо підхоже для своєї книжки осяянь.

— І що саме?

— Якби я ходила на пляж раз на тиждень, то пам'ятала б, що дуже це люблю. І тоді перебудувала б життя так, щоб ходити на пляж. Однак, не бувавши там шість місяців, я не усвідомлюю, що втрачаю. Тож дозволяю собі заповнювати час тим, що не дуже люблю.

Джессіка поглянула на мене.

— Мабуть, так і буває, коли подорожуєте? Пам'ятаєте, ви так сильно це любите, що енергія від подорожей живить весь рік роботи, доки не рушаєте в мандри знову.

Я кивнув.

— Так і є. А ще я її доповнюю. Повернувшись із поїздки, роздруковую кількасот знімків, які нагадують про найкращі миті моїх пригод. Є така липка штука, яку клеять до знімка ззаду, а тоді зразу клеять знімок на стіну. За допомогою неї я розміщую знімки по всьому дому. Тож мене завжди, і коли чищу зуби, і коли потягуюся, і коли снідаю... оточує ця енергія.

Я засміявся.

— А вихідними я, звісно, вирушаю в невеличкі поїздки. Безглуздо чекати на якісь пригоди цілий рік.

— Я хочу жити так, як ви, — усміхнулася Джессіка.

— Живіть, — відповів я. — Тисячі людей просто зараз живуть саме так, як, може, хотіли б ви. Чому б не стати однією з них?

— Я ніколи про це не думала.

— Просто зараз хтось у Африці спостерігає за слонами. Хтось інший започатковує власну справу, знову береться до навчання або вирішує проводити більше часу з дітьми... Це могли б бути ви.

— Це *могла* б бути я, — промовила Джессіка.

— Коли я минулого разу був у кафе, Кейсі вразила мене невеличким розрахунком, — згадав я.

Джессіка засміялася.

— Справді?

— Справді. Вона показала, що, займаючись лише двадцять хвилин на день дрібницями, які мені насправді байдужі, скажімо, спамом, я зрештою змарную рік життя. Це мене надихнуло. Тож погляньмо, чи зможу я надихнути вас маленьким розрахунком, про який постійно думаю. Більшість людей потрапляє в пастку. Вони гадають, що сенс життя — заробляти й відкладати гроші, а тоді, вийшовши на пенсію в шістдесят п'ять років, жити так, як хочеться. Середня очікувана тривалість життя — приблизно сімдесят дев'ять років. Це означає, що, коли вірити цьому плану, то на вас чекає років із чотирнадцять направду доброго життя. От тільки, як я зрозумів, ці роки не зовсім *золоті*. Люди тоді хворіють, їм важче пересуватися, помирає дехто з їхніх друзів... Так, після шістдесяти п'яти ще можна мати неймовірно активне й змістовне життя. Однак реальність — це не завжди ті щасливі, усміхнені, безтурботні обличчя, які бачиш у рекламі. Людину наздоганяє старість.

— Тож це треба робити зараз, — мовила Джессіка.

Я кивнув.

— Сьогоднішнього дня у вас не відібрати нікому. Цей чудовий час серфінгу, веселощів і розмов... Захід сонця й зустріч із зеленою морською черепахою... Вони ваші назавжди. Ви поклали їх у банк. Байдуже, що з вами буде після шістдесяти п'яти. Я усвідомив, що система вивернута навиворіт. Більшість людей охоплені дуже сильним страхом, що в майбутньому матимуть замало. Тож вони вбиваються, намагаючись досягти успіху на роботі, яка їм не подобається, утримуються від відпусток із тими, кого люблять, відмовляються від вихідних... І заради чого? Заради надії, що зможуть згодом скористати з набраних балів? Що ж, обернімо ці бали на дні. Уявімо, що все пішло за планом. У шістдесят п'ять людина кидає все й починає робити те, що обожнює. Ті п'ять днів на тиждень тепер належать їй. Тож у неї з'являється п'ять днів упродовж п'ятдесяти двох тижнів, множимо це на чотирнадцять років, і маємо...

— Зрозуміла, — озвалася Джессіка.

Вона хлюпнула води на свою дошку, порахувала все в крапельках і сказала:

— Три тисячі шістсот сорок. Здається, чимало.

— За хвилину вже не здаватиметься, — усміхнувся я. — Скільки ви отримаєте, вибравши роботу, на якій платитимуть за виконання улюбленої справи?

— Наприклад, серфінгом, — докинула вона й усміхнулася.

— Просто зараз десь є люди, яким платять за серфінг, — зауважив я. — А ще є десятки тисяч людей, яким платять за присутність під час серфінгу. Усе, що тільки можна уявити: бухгалтерію, графічний дизайн, фотографію, розроблення продукції, піар івентів, маркетинг і тисячі інших справ.

— Так могло б бути зі мною, — сказала Джессіка.

— З вами, зі мною і з усіма іншими охочими, — відповів я. — І скільки в них днів?

Джессіка хлюпнула на дошку ще води.

— Подивімося... Від двадцяти двох до шістдесяти п'яти років...

— Узагалі-то, від двадцяти двох до сімдесяти дев'яти, — нагадав я. — Такі люди дуже успішно виконують цю роботу. А ще їхню роботу визнають і на пенсії.

Джессіка порахувала заново.

— Чотирнадцять тисяч вісімсот двадцять!

— Учетверо більше, — сказав я. — І не треба чекати до кінця, щоб почати цим насолоджуватися.

— То чому ж ви цього не робите? — спитала Джессіка. — Ви рік працюєте, а тоді йдете на рік у відпустку.

Я кивнув.

— Рухаюся до цього поступово. Спершу я відпустив усе й узяв відпустку на рік. Тепер перейшов на метод «рік на роботі, рік у відпустці». — Я всміхнувся. — Трохи розлінився, шукаючи ідеальний варіант. Такий, коли я подорожував би через рік, а також чудово проводив би час у роки роботи. Утім, повернення сюди мене надихнуло. Час відшукати наступний рівень. Я знаю, що він є.

Джессіка всміхнулася.

— Хтось робить це зараз. І це могли б бути ви.

Я засміявся.

— Це міг би бути я.

# Розділ 41

— Це було класно! — заявила Емма. — Бачили, як ми спіймали останню хвилю?

Вони з Майком скористалися хвилею, а тоді відгребли назад, щоб прокотитися ще раз.

— Джессіко, прокотишся востаннє зі мною? — спитала Емма. — Якщо хочеш, ми можемо спіймати меншу хвилю.

Джессіка всміхнулася.

— Добре, тренерко. Скажеш, коли приготуватися.

Майк погладив Еммину дошку.

— Кокосику, як щодо маленького луау[1] на чотирьох сьогодні після серфінгу? Можна розвести багаття на пляжі й поїсти там.

---

[1] Луау — традиційне гавайське святкування чи бенкет; зазвичай супроводжувані розвагами.

— Так, так, так! — відповіла Емма, закрутившись на дошці. — А можна запросити Софію й Туту?

Майк усміхнувся.

— Супер. Хай буде луау на шістьох.

— Джессіко, тобі дуже сподобається, — мовила Емма. — Це *справді* весело. Ми куховаримо, дивимося на зорі й танцюємо!

Джессіка завагалася.

— Можете й не погоджуватися, — сказав Майк.

Вона всміхнулася.

— Ні... Я... Я хочу туди. — Джессіка поглянула на мене. — Сьогодні хтось веселитиметься на луау, так? Чому б цим кимось не бути мені?

Я всміхнувся.

— Точно. Чому б цим кимось не бути вам?

— Час розвертатися, — сказала Емма й погладила дошку Джессіки.

Джессіка позирнула на хвилю, що наближалася.

— Ясно, тренерко.

Емма і Джессіка розвернули дошки й погребли.

— До зустрічі на березі, тату! — гукнула через плече Емма.

— Гаразд! — гукнув у відповідь Майк. — Скажи Кейсі про луау.

Хвиля промайнула під нами. Ми почули, як Емма і Джессіка засміялися, підвівшись на дошках і покотившись до берега.

— Як це тобі вдалося, Майку? — спитав я. — Вона справді особлива дитина.

Він усміхнувся.

— Дякую. Це був чудовий досвід. Як я вже казав, це шлях не для всіх. Декому більше пасують до МІ інші пригоди. Зате для мене чудовою пригодою було це.

— Зважаючи на те, як тобі з нею весело, складно повірити, що це пригода *не* для всіх, — відповів я.

Майк засміявся.

— Може, тобі просто починає здаватися, що це частина *твоєї* пригоди.

Я всміхнувся.

— Узагалі-то, ніколи так не думав. Однак в останні кілька років замислився. А дивлячись на тебе з Еммою... мабуть, замислююся ще більше. Чи справді це так весело, як здається?

Майк кивнув.

— Як і більшість речей у житті, Джоне, це так весело, як допускає сама людина. Перш ніж стати татом, я кілька разів зробив свідомий вибір щодо того, яким батьком хочу бути. Він став для мене надійним дороговказом.

— Наприклад?

— Ну, спершу я усвідомив: діти, коли народжуються, уже мають власний дух. Хай як мені кортить узяти Емму під контроль, вона насправді окрема людина. Має власну енергію та власний шлях. Вона моя в тому розумінні, що з погляду біології я — її тато, а вона — моя донька. Водночас я, відколи вперше поглянув на Емму й узяв її на руки, знав: вона — це щось незмірно більше. Вона має власний дух. Коли Емма прийшла сюди, на неї вже чекала власна пригода.

Майк знизав плечима.

— Не впевнений, що це тобі зрозуміло. Мабуть, це й мені було б незрозуміло, доки я сам цього не пережив. Я бачу це так. Емма — моя дитина, і я в разі потреби миттю віддав би за неї життя. Водночас вона — не моя власність. У мене просто чудовий дар — бути одним із людей, які можуть дбати про неї й бути поруч.

— І навчати її? — спитав я.

— Часом так, — відповів Майк. — Усі ми можемо чимось поділитися, тож так, інколи моя роль — це почасти роль учителя. — Він усміхнувся. — А вона не менш часто віддячує за цей дар і навчає мене.

# Розділ 42

— Справді? — перепитав я. — Ніколи не думав про це в такому ключі.

— Так буває, якщо ти це дозволяєш, — відповів Майк. — Однак потрібно багато чого відпустити. Є его — культурний, суспільний чинник, який намагається переконати людину, що вона як батько чи мати знає незмірно більше за дитину. Згадай деякі вислови, що досі побутують у нашому суспільстві.

— Дітей має бути видно, але не чутно, — мимоволі сказав я.

Майк кивнув.

— Ідеальний приклад. Він натякає, що погляди чи думки дитини не такі важливі, як погляди чи думки дорослого. Однак це неправда. Якщо дозволити собі взаємодію на міжособистісних засадах. Або ще краще — на міждушних засадах: тоді можна багато чим поділитися й багато чого навчитися.

Майк усміхнувся.

— Коли Еммі було п'ять, я повіз її в Африку. Вона з тих людей, які полюбляють формувати очікування заздалегідь. Якщо ми на пляжі і я кажу їй, що треба негайно йти, це неприємно. Емма відчуває напруження тієї миті й реагує відповідно. Однак, якщо їй сказати, що ми підемо за п'ять хвилин, вона сама підбере свої пляжні іграшки й приготується піти.

— Мені це знайомо, — сказав я. — Сам полюбляю формувати очікування заздалегідь.

— І я, — відповів Майк. — Може, це в неї саме від мене. Однак я так не вважаю. Переконаний, що вона прийшла в цей світ із такою рисою. Емма відчуває певну енергетику, а напружена енергетика їй не подобається.

— Хай там як, — вів він далі, — знаючи, що вона полюбляє формувати очікування заздалегідь, я наперед повідомив Еммі, що їй для нашої поїздки в Африку доведеться зробити певні щеплення. Що ж, попервах цей підхід начебто виліз мені боком. Щеплень Емма не любить, тож сказала, що не хоче в Африку.

— І що сталося?

Майк усміхнувся.

— Це дало нам змогу повчити одне одного. Коли Емма сказала, що не хоче їхати, я почасти, лише на мить, розсердився.

— Ти?! — здивовано перепитав я.

— Ці старі моделі поведінки сидять у багатьох із нас, — відповів Майк. — Їх просто треба сприймати як те, чим вони є. Це не правда, так не має бути. Це просто стара модель поведінки, з якою ми познайомилися в юності чи яка засіла в нашій підсвідомості, бо ми бачили, як вона десь виявила себе.

— Чого ти злякався, коли відчув цей приплив гніву? — спитав я Майка.

— Чудова заувага, — відповів він і всміхнувся. — Закладаюся, що це усвідомлення з твоєї книжки осяянь. Ти сказав правильно. Усякий гнів — це вияв страху. Мій миттєвий спалах гніву був страхом, що ми не зможемо поїхати в Африку.

— І що ти зробив?

— Ну, саме в такі миті доводиться приймати рішення. Я можу зіграти роль домінантного батька й зачитати Еммі лекцію. Можу психанути не роздумуючи й оживити свій страх...

Майк змінив тон, удаючи гнів.

— Знаєш, як тобі пощастило їхати в Африку? Як багато твоїх однолітків мають змогу поїхати туди й побачити тамтешніх тварин? А ти тільки те й робиш, що жалієшся! Годі! Ми не їдемо в Африку! А ти більше ніколи не дивитимешся по телевізору улюблені програми про тварин...

— Це боляче чути, хоч я й знаю, що ти прикидаєшся, — сказав я.

Майк кивнув.

— Знаю. А коли я прийняв оті рішення щодо того, яким батьком хочу бути, то, зокрема, вирішив, що не стану *таким* батьком.

— То що ти зробив натомість?

— Коли Емма сказала, що не хоче їхати, я взяв її на руки, посадив собі на коліна та обняв. Тихим, спокійним голосом сказав, що розумію її. Мені теж не подобаються щеплення. А тоді пояснив, що шукачі пригод — а вона і є шукачка пригод — не можуть дозволяти дрібницям заступати шлях до важливого. Щеплення — це невесело. А ще це недовго. П'ять хвилин — і все. Так, трохи поболює рука. — Майк усміхнувся. — Хоча навіть це можна пом'якшити, пішовши їсти морозиво на честь успішної «підготовки до Африки». Суть ось у чому: щеплення — це дрібниця порівняно з поїздкою в Африку й перебуванням зовсім поряд із тваринами.

— То це ти їй і сказав?

— Так. А тоді спитав, що вона думає.

— І вона сказала, що потерпить? — запитав я.

Майк кивнув і додав:

— До речі, таке саме рішення в нас перед носом завжди, коли ми з кимось взаємодіємо. Байдуже, що це: взаємодія батьків з дітьми, двох дорослих, керівника з працівником... Мить за миттю, день за днем ми можемо вибирати тернистий шлях, на якому встановлюватимемо зв'язок з іншою людиною й дивитимемося на світ її очима. Або ж дозволимо страху перетворитися на гнів і спробуємо піти до бажаного пробоєм.

— Отже, ви поїхали в Африку, — сказав я.

— І коли ми там були, Емма повчила мене того самого, — відповів Майк.

Я засміявся.

— Справді?

Він кивнув.

— Ага. Ми неймовірно добре провели там час. Проте одного разу я стомився після тяжкого дня за кермом. Ми вже були в дорозі тижні з чотири, а конкретно того дня — п'ять годин на складних, небезпечних, дуже нерівних дорогах. Коли ми нарешті дісталися віддаленого кемпінгу, до якого їхали, виявилося, що він далі, ніж я очікував. Там не було майже нічого.

Сутеніло, тож я тривожився, бо треба було поставити все до настання ночі. До того ж я сподівався, що буде де купити харчів, а там такого не було. Тож, хоч ми й привезли певні запаси з собою, я почасти був стурбований тим, що взяти Еммі поїсти. А тоді, намагаючись облаштувати наш намет, не зміг правильно розставити анкерні стрижні. Намет завалювався тричі поспіль. І я почувався очманілим. Просто геть очманілим від того дня, тієї миті... Поки я стояв там, глибоко дихав і намагався оцінити все в ширшому контексті, підійшла Емма та обхопила руками мої ноги. Вона здогадувалася, що я роздратований, і спитала, чи все в мене добре. Я сказав їй, що просто роздратований через намет. «Ну, тату, — сказала Емма завзятим тоненьким голоском, — не можна дозволяти дрібницям заступати шлях до важливого. Тобто поставити намет — це дрібниця, а те, що ми тут, у Африці, — це важливо. Ми поставимо намет. Однак ми маємо радіти, що опинились аж тут, у Африці, і маємо можливість побачити тварин і таке інше. Ну, тобто мало кому випадає це зробити, а ми саме тут і взагалі».

Майк засміявся й похитав головою.

— Річ не лише в тому, що вона сказала, хоч її слова були ідеальні. Річ у тому, як вона це сказала. Так прозаїчно, з такою любов'ю, завзяттям і великою мудрістю. І все-таки це було сказано словами п'ятирічної дитини. Я підхопив її й закружляв, зробивши з десяток кіл. А відтак, коли Емма стала повторювати «ще, ще», зробив іще з десяток.

— І ти поставив намет? — усміхнувся я.

— Поставив намет, роздобув харчі, добре поспав, а наступного дня продовжив пригоду, — відповів Майк.

— Тебе складно уявити роздратованим або сердитим, — зізнався я. — Мені ти завжди здаєшся дуже спокійним. Наче тебе нічого не зачіпає.

Майк усміхнувся.

— Гадаю, я такий у найкращі миті. Коли найбільш справжній. А я прагну бути таким повсякчас. А ще всіляко стараюсь якомога частіше дозволяти своїй енергії жити в цьому стані.

Майк знизав плечима.

— Однак бувають миті, коли я виявляю себе не найкраще. Мене це не тішить. І я свідомо працюю над тим, щоб скоротити час, який проводжу в цій енергетиці.

— Як саме?

— Виконуючи роль спостерігача миті, а не звичайного її учасника.

# Розділ 43

Емма і Джессіка йшли берегом до кафе. Вони несли з собою дошки для серфінгу. Сонце вже повністю зникло за обрієм. Рожеве сяйво на хмарах почало гаснути.

Джессіка озирнулася на океан.

— Дякую, Еммо, — сказала вона й усміхнулася. — Сьогодні був один із найкращих днів у моєму житті.

— Чудово! Може, тобі варто повернутися завтра, і ми зможемо це повторити.

Джессіка засміялася. Це здавалося просто очевидним.

— Роби те, що подобається, і не роби того, що не подобається, — додала Емма. — Мене так навчав тато, і це щира правда. Якщо сподобалося кататися на серфі, зроби це ще раз.

— Чудова порада, тренерко, — відповіла Джессіка й поглянула на прекрасне небо та океан. — Не хочеш поділитися серферською мудрістю наостанок?

Емма замислилася на хвильку.

— Ну, оскільки ти в серфінгу новенька, мабуть, запам'ятай таке. Тато навчав мене цього, коли я була маленька, і я завжди це пам'ятаю.

Джессіка стиха засміялася. Дуже вже кумедно було чути, як семирічна дитина говорить про час, коли вона була *маленька*.

— Я готова, — промовила Джессіка.

— Гаразд. Це три слова. Кожна літера в них щось означає. Граматично ця фраза безглузда, але то пусте. Вона просто має допомогти тобі запам'ятати. Слова такі: «І в нову».

— «І в нову»?

— Ага. Коли тато мені їх сказав, я спершу не знала, що це означає. Однак він пояснив, що йдеться про будь-яке знайомство з новим. Тож тоді все стало по-своєму зрозумілим, бо, якщо пам'ятати ці речі, вони дуже допомагають. І тоді ти можеш опанувати що захочеш.

Джессіка всміхнулась.

— То що означає «І в нову»?

— «І» — це інтуїція. Видатні серфери дуже покладаються на інтуїцію, коли вибирають хвилі й катаються на них. Вони наче течуть разом із хвилями, а не існують окремо від них. Можна побачити, як деякі новачки геть не користуються інтуїцією. Вони так хвилюються через кожен крок і через те, що робити далі, тож *багацько* падають!

Джессіка засміялась.

— Ясно. Це — «і».

— «В» — це «вічно нова хвиля». Тато пояснював, що, дратуючись через пропущену хвилю, людина, яка сидить собі й біситься, пропустить ще дві. Якщо пропускаєш дуже добру хвилю, помилуйся, яка вона, і порадій, що був там і зміг її побачити. Однак не витрачай увесь час, жалкуючи за тим, що її пропустив. Завжди знайдеться ще одна.

— Вічно нова хвиля, — зрозуміла Джессіка й цього разу.

— «Н» — це «найперше берися за дрібниці та йди до вершин».

— Як ти зі мною сьогодні, — зауважила Джессіка.

— Ага. Тато починав мене навчати серед баранців, і я тривалий час не вилазила з них. Потім це стало трохи нудно, тому я захотіла спробувати хвилі. Тож він почав пускати мене на маленькі хвильки. Тоді на них стало трохи нудно, і тепер я катаюся на більших. Колись я хочу здолати трубу[1]... тільки не зараз.

Джессіка кивнула.

— Труба має неймовірний вигляд, еге ж? Навіть не уявляю, як воно — бути в тому маленькому кільці, коли в тебе просто над головою падає хвиля. І якось зберегти таку впевненість і самовладання, щоб утриматися на ногах та виїхати звідти на волю.

Емма погодилася.

— На вигляд справді класно. Тому я й прагну там покататися. Просто хочеться прийти до цього поступово. Я бачила дорослих, які зарано намагалися це зробити й добряче падали. Тепер вони навіть не пробують. А вони ж не такі вже й старі!

Джессіка всміхнулася.

— «О» — це «обов'язково питай». Ми з моєю подружкою Софією постійно це робимо. Вистежуємо найкращих серферів, а тоді просимо в них порад.

— І вони вам допомагають?

— Ну, не завжди. Деякі не допомагають. Однак більшість серферів справді хороші. —

---

[1] Ідеться про пайплайн — найвідомішу хвилю острова Оаху, яка формою нагадує трубу. (*Прим. ред.*)

Емма знизала плечима. — Не можна дозволити дрібницям заступати шлях до важливого. Те, що хтось поводиться недобре, — дрібниця. Спершу це було трішки неприємно, але тепер ми просто відразу переходимо до наступної людини й питаємо її. Кататися на великих хвилях — ось що важливо. Ми не хочемо залишитися без цього, просто тому що хтось повівся погано.

— Ясно. А що означає друга «в»?

— Можна залишити другу «в» наостанок? Вона подобається мені найбільше.

Джессіка всміхнулася.

— Гаразд. Залишмо її наостанок. А що означає «у»?

— У кожного видатного серфера був такий день, коли він не знав, як стати на дошку. Ну, тобто в це *справді* складно повірити, коли бачиш таких добрих серферів. Однак це так. Починаючи, вони навіть не знали, як підвестися. Тож, якщо ті серфери можуть так добре втриматися на хвилях, то я теж можу.

Джессіка кивнула. Це нагадало їй Джонові слова про те, як стати фахівцем.

— Добре, тренерко. А що подобається тобі найбільше?

Емма всміхнулася й сказала на весь голос:

— «В». Єдиний спосіб справді спаскудити день серфінгу — *не* йти ВПЕРЕД! Тому ВПЕРЕД!

А тоді Емма радісно затанцювала.

Джессіка розсміялася.

— Можеш затанцювати, якщо хочеш, — зауважила Емма. — Це «серфінговий шафл». Його вигадала я. Не треба правильно повторювати всі рухи — просто спробуй, як можеш.

Джессіка затупала ногами. На тлі вільних, невимушених рухів Емми вона почувалася незграбою. «Ну ж бо, вперед, — подумала вона. — Просто вперед!» І на наступні кілька хвилин Джессіка дозволила собі невимушено, не вдаючись до самоаналізу, танцювати з Еммою серфінговий шафл.

# Розділ 44

Світло в небі швидко гасло. Невдовзі стане темно.

Майк позирнув на обрій, що поступово зникав.

— Мабуть, уже час їхати, — сказав він.

Я знав, що Майк має рацію. А ще в глибині душі відчував, що в його зауваженні є дещо дуже важливе. У тому, що він сказав про роль спостерігача миті, а не звичайного її учасника.

— Не поясниш швиденько на прикладі, як це — бути спостерігачем? — запитав я. — А тоді можна буде спіймати наступну хвилю. Щось мені підказує, що в тебе про це є дуже хороша історія.

Майк хлюпнув води на дошку й усміхнувся, кажучи:

— Добре. Одна коротка історія. Не найкращий момент у моєму житті, проте точно гідний власної книжки осяянь. Ми з Еммою, подорожуючи, опинилися в Австралії, де орендували автодім. Фактично це такий фургон, у якому можна спати вночі. То був експеримент. Ми вже багато ночували в кемпінгах, і це було чудово, тож вирішили спробувати автодім. Це здавалося цікавою ідеєю, і не сумніваюся, що декому вона годиться...

— Але не вам, — сказав я.

Майк похитав головою.

— Не нам. Там просто було тяжко спати. Чому, точно не знаю, але автодім був дуже маленький і до того ж не надто зручний у використанні. Найгірше ж було те, що ми обоє чомусь прокидалися серед ночі й мусили йти в туалет.

— Це завжди кепсько, — зауважив я.

— Особливо тоді, коли потрібно вийти з автодому посеред ночі й попрямувати до туалетів, — додав Майк. — Ми незле витримуємо різні спартанські умови, але це нам чомусь просто не годилося.

— То що сталося?

— Емма була справжньою бійчинею. Ніколи не скаржилася. Завжди була на позитиві. Однак десь за три тижні нічних пробуджень, коли ми обоє мусили йти до туалету, у неї сталася істерика. Емма прокинулась о другій ночі й плакала без упину, хоч скільки я повторював їй, що все нормально. І плакала вона голосно.

*Дуже* голосно. Тож я обшукав наше крихітне тісне помешкання, знайшов-таки доньчине взуття та взув її. Тоді, поки Емма ще плакала, гарячково заходився шукати своє взуття і взувся сам. Нарешті, узяв Емму на руки й п'ять хвилин ніс її до туалетів. Увесь цей час вона плакала на весь голос.

Майк похитав головою.

— У таких місцях, де паркують автодоми на ніч, повно людей, які роблять те саме. А коли хтось інший дуже галасує й будить тебе серед ночі, це серйозно бісить. Тож я гостро усвідомлював: поки Емма так голосно плакатиме о другій ночі, ми розбудимо *всіх*.

Я кивнув.

— І що сталося?

— Ми дістаємося туалету, і я думаю, що Емма заспокоїться, але вона не заспокоюється. Це геть не схоже на неї, однак вона просто жаліється й ридма ридає.

Майк похитав головою.

— Мені таке ніколи не подобається, бо я вважаю, що це хріновий приклад. Однак я дуже переймався за всіх інших у кемпінгу, тож спробував зацитьнути Емму, пригрозивши забрати в неї те, що вона любить. Мій голос став дуже тихим і дуже категоричним. Я сказав доньці:

якщо вона не припинить плакати, то наступного дня не зможе гратися улюбленою іграшкою.

— Спрацювало? — запитав я.

— Аж ніяк. Емма завила ще голосніше. — Майк знизав плечима. — Тож я сказав їй: якщо вона ридатиме, наступного дня ми не поїдемо у притулок для тварин. А Емма чекала на це вже тиждень.

— І що?

— Від цього вона лише заплакала ще сильніше. — Майк хлюпнув води на дошку й похитав головою. — Тоді я поводився найгірше. Насправді я не така людина і вже точно не такий тато.

— А що було далі? — спитав я.

— Я побачив її.

Я спантеличено поглянув на Майка.

— Тобто?

— Це було потужно, фантастично, це був дар не знати звідки... Коли ми дісталися туалету, я посадив Емму на унітаз. Вона була така втомлена, тож я боявся, що вона впаде, і стояв перед нею на колінах, тримаючи її. Там я і сказав Еммі, що відмовлюся від поїздки у притулок для тварин. От тільки, поки я це їй казав, дещо сталось. Я не лише вимовив ці слова, а й почув їх. Почув так, ніби їх вимовляв хтось інший.

Я був спостерігачем цієї сцени, хоча сам брав у ній участь.

Майк злегка мотнув головою.

— А в цій ролі спостерігача...

Він замовк. Я зрозумів, який це яскравий і зворушливий спогад. Майк спробував заговорити знов, але йому відібрало мову й довелося трохи зачекати.

Урешті Майк поглянув на мене й усміхнувся всупереч почуттям.

— У цій ролі спостерігача я побачив ту крихітну людину. Вона була *дуже* втомлена, *дуже* смілива й завжди налаштована просто чудово. А тоді я побачив її душу, її дух і відчув доньчин біль. Відчув його в такому куточку серця, про який досі й не здогадувався. Моє серце так переповнилось — я думав, що воно розірветься.

Я кивнув.

— Що ти зробив?

— Витер сльози на Емминих маленьких щічках, притулив її личко до свого плеча і сказав, що це не страшно. Що все добре. Я сказав їй, що тато поруч і все гаразд. А подумки усвідомив, яким дурнем був. Так переймався всіма іншими в кемпінгу, що забував про найважливішу для мене людину. Емма обхопила ручками мою шию, і я підтягнув її піжамку. Тоді пригорнув доньку до грудей з усім співчуттям, на яке був здатен, прошепотів їй на вухо, що люблю її й дуже радий, що вона моя донька.

Майк витер сльозу в куточку ока.

— Ніколи не забуду цього випадку, — сказав він. — Доти я вважав себе хорошим батьком. Тієї ночі в мені виникло глибоке прагнення завжди бути кращим. Завжди спонукати себе посилювати зв'язок із тим, на що справді здатен.

— Бути і учасником, *і* спостерігачем власного життя, — додав я.

Майк кивнув.

— Саме так. Чи готовий я подумати бодай мікросекунду, перш ніж заговорити? Зрозуміти, який вплив справлять слова, особливо в мить роздратування чи гніву? Чи можу я трішки поглянути й побачити все це в процесі? А тоді змінити свою роль, бо в мене є змога стати не лише учасником, а й спостерігачем?

Майк усміхнувся.

— Це неймовірний дар собі. Це усвідомлення того, що ти — це не твоє фізичне тіло. Ти — це дух, який зараз геть випадково проживає у твоєму фізичному тілі. Коли я це усвідомлюю, страху, гніву, тривоги й роздратування в житті стає незмірно менше. Саме про це нагадала мені Емма тієї ночі в кемпінгу.

# Розділ 45

Ми з Майком упіймали хвилю і, осідлавши її, прокотилися востаннє за вечір. Коли прийшли на берег, Емма помчала стежкою вітатися з нами. Стрімко підбігла до Майка, розкинувши руки, та обхопила його ноги.

— Привіт, татку.

Він опустив дошку, узяв Емму на руки й поцілував у щоку. Тоді посадовив собі на спину, узяв за щиколотки й закружляв.

— Де Емма? — спитав Майк, ніби не знав, що вона висить у нього за спиною. — Серйозно, Джоне, ти її бачив? Хвильку тому вона була тут. Еммо! Еммо! — удавано гукав він.

Емма зайшлася сміхом.

— Та я в тебе за спиною! — вимовила вона між смішками.

Майк перетягнув доньку назад через плече так, що вона знов опинилася перед ним.

— А, он де ти. Якусь хвильку я не міг тебе знайти.

Емма засміялась і приклала долоньки до його обличчя.

— У нас уже є багаття, і невдовзі тут будуть Софія й Туту. Час починати луау.

Емма злізла на землю й побігла назад, у кафе.

— Мабуть, час починати луау, — сказав Майк і всміхнувся.

Він узяв свою дошку, і ми обидва знову пішли в кафе. Водночас я мимохіть замислився про те, як його вибір у кемпінгу й кожен вибір, який Майк робив, взаємодіючи в мене перед очима з Еммою, вів до таких митей, як та, яку я щойно пережив.

# Розділ 46

Кілька секунд ми з Майком ішли мовчки.

— Крім того випадку в кемпінгу, про який ти розповів, — сказав я, — яке твоє найкраще батьківське рішення?

Майк трохи помовчав і подумав.

— Того дня, коли Емма народилась, я вирішив, що ніколи на неї не кричатиму.

— Справді? — відповів я. За багато років я бачив безліч батьків, і крик здавався стандартною для них практикою.

— Саме це найбільше впадає в око тим, хто не має дітей, — сказав Майк.

Я майже не здивувався, що він прочитав мої думки.

— А людей, які вирішують бути такими, дуже багато, — додав він.

— Ти вибрав інше?

Майк кивнув.

— Так. Коли Емма народилась, я був зовсім поряд. Узяв її на руки, обмив, погладив по малесенькій голівці. — Майк усміхнувся. — Емма була завбільшки з кокос. Така маленька, така тендітна і чомусь дуже реальна. У неї негайно розплющились очі, тож вона поглянула на мене так спокійно, наче розуміла таємниці Всесвіту. Тієї миті я вирішив, що ніколи не підвищу на доньку голосу, ніколи на неї не закричу.

— І що?

— Зараз їй сім. Я ніколи цього не робив і не зроблю.

— Як ти справляєшся, коли Емма робить щось не так?

Думка про те, щоб не кричати на дітей, видавалася мені геть чужою. Уявити життя без цього було складно.

— Ми дозволяємо собі певну поведінку залежно від того, як визначаємо себе. Того дня, коли Емма народилась, я визначив себе як батька, який ніколи не кричатиме. Отже, якщо я закричу, це буде не схоже на мене, не відповідатиме моїй сутності.

Я спантеличено поглянув на Майка.

— Уяви собі таке, — сказав він. — Якби ти визначав себе як шукача пригод, не виходити з дому здавалося б нормальним чи ненормальним?

Я всміхнувся.

— Ненормальним.

— Отож-бо. Якби хтось спробував утримати тебе вдома, це було б неприємно. Емоційно, фізично, раціонально... Ти визначав себе як шукача пригод, тобто ти шукаєш пригод. У такому випадку постійно сидіти вдома було б неприйнятно. Ти відмовився б це робити.

— Здається, розумію, — відповів я. — Ти визначав себе як батька, який не кричить, тож було б якось неправильно, якби ти таки закричав. Неправильно не в емоційному, фізичному чи раціональному плані.

Майк кивнув.

— Точно.

А тоді всміхнувся.

— Усесвіт любить випробовувати нашу впевненість у такому.

Я всміхнувся й собі.

— Як саме?

— Наприклад, того дня, коли ти виснажений після десятка несподіваних подій. І відчуваєш стрес через ці несподівані події. До того ж година пізня, і ти думаєш про все те, що ще маєш зробити цього вечора, і все те, що потрібно виконати, щоб пережити завтрашній день...

Аж раптом твоїй дитині захотілося подуркувати замість того, щоб почистити зуби.

— І тоді хочеться закричати?

— Так. Ти відчуваєш стрес і напруження. А в глибині душі знаєш швидкий вихід. Кричати на все горло й залякати всіх навколо, щоб вони чинили так, як ти хочеш.

— Однак ти не робиш цього.

Майк похитав головою.

— Звісно, якщо ти вірний тому, як себе називаєш. Розумієш, Джоне, коли в тобі сидить стрес, готовність вийти за межі цього досвіду так, як ми вже говорили, змінює все.

— Як саме?

— Ну, по-перше, ти усвідомлюєш, що твій стрес і роздратування ніяк не пов'язані з тим, почистить хтось зуби чи ні. Ти от-от вимістиш гнів на людині, яка його не спровокувала. А це несправедливо. Якщо ти рішучо налаштований на когось розлютитися, лютуй на того, хто зараз тебе бісить. Спрямовуй свій гнів на тих, хто тебе злить. Не спрямовуй його на тих, хто просто опиняється поруч, чи тих, за кого ти точно могутніший. — Майк трохи помовчав. — А особливо не спрямовуй його на когось, просто тому що знаєш, що ця людина тобі простить.

Я кивнув. Це було сильно сказано. Я дуже часто бачив, як хтось визвіряється на члена власної сім'ї! Хоч насправді цей родич не мав жодного стосунку до того, через що сердилася та людина.

— Є ще один нюанс, — вів Майк далі. — Коли ти визначив себе як людину, що не кричить, а в тобі починає наростати бажання закричати, це здається неправильним.

— Як для шукача пригод сидіти вдома, — докинув я.

— Точно. У такому разі спершу можна відчути сильне бажання закричати. Однак, закричавши, ти відчуєш, як ще потужніша сила каже: «Ти не такий. Ти вирішив бути батьком, який *не* кричить». Тож тобі здалося б, що закричати незмірно ніяковіше. Тому ти не кричиш. Тебе заспокоює той спогад, те усвідомлення. Він допомагає поглянути на все в контексті. Дає змогу бути справжнім собою, тим, ким ти вирішив бути, а не дозволити культурним чи поведінковим моделям керувати твоїми діями. Це дає усвідомленість, потрібну, щоб вийти за межі ситуації. Щоб бодай кілька секунд побути спостерігачем. У такі миті набагато зрозуміліше, яка реакція для тебе справді характерна. А тоді ти дієш відповідно до цього.

Я злегка хитнув головою.

— Майку, може, річ у тому, що зараз я чую це вперше, але звучить складно.

Він кивнув.

— Розумію. Утім, якщо максимально це розібрати, насправді все досить просто. Спершу визнач, хто ти такий. Тоді дозволь собі час від часу виходити за межі моменту. Дивитися на життя і з погляду учасника, і з погляду спостерігача. Для цього потрібна лише мить. А може, і менше. А тоді дій відповідно до побаченого.

— І це щось дає?

Майк засміявся.

— Навіть у найскладніші дні.

Він повернувся до мене.

— Джоне, я підкину тобі ще одну тему для роздумів. Ти запросив би когось до себе в гості, а тоді накричав би на нього, бо сердишся на когось іншого?

Я засміявся.

— Це, певно, був би останній раз, коли ця людина до мене прийшла.

— Так і є. Тільки люди постійно так чинять. Запрошують до свого життя тих, кого люблять, а це набагато важливіше, ніж просто запросити людину в гості. І тоді роблять із них мішень для свого гніву.

Я похитав головою.

— Ніколи так про це не думав. Однак ти маєш рацію. Я бачив, як інші говорили зі своїми дружинами, чоловіками, партнерами чи дітьми так, як нізащо не говорили б зі своїм гостем. І навіть із найкращим другом.

Ми вже майже дісталися багаття. Майк на мить поставив дошку на землю й усміхнувся.

— Помітивши божевілля у своїй поведінці, ми маємо змогу зупинити це безумство. Серед найцінніших дарунків, які я отримував від Емми, — такі життєві уроки, як ті, про які ми говорили. Бо ж вони стосуються не лише батьків і дітей. Вони стосуються всіх наших взаємодій.

Він підібрав дошку знову.

— Отам є шланг і душ із прісною водою, — мовив Майк і показав на маленький гайок із тропічних дерев. — Може, швиденько сполоснемося, а тоді підемо на луау?

Я пішов до мийки разом із дошкою й подумав: «Як же слушно він каже». Я вже осмислював наші з Майком розмови в контексті його стосунків з Еммою — стосунків батька та дитини. Проте ці уроки багато в чому стосувалися не лише батьків і дітей.

Настав час узятися за книжку осяянь. Я хотів це запам’ятати.

# Розділ 47

— Ви змогли.

Ми з Майком уже помилися самі й помили дошки. Тоді він попрямував у кафе, щоб поглянути, як там Емма з Кейсі. Я підійшов до багаття на березі.

Джессіка сиділа в піску, притулившись спиною до великої брили вулканічної породи. Там було багато великих брил, які стояли колом. Посеред них потріскувало невеличке багаття.

Джессіка всміхнулася.

— Ми подумали, що ви, мабуть, вирішили покататися вночі.

Я всміхнувся й собі.

— Іншим разом. Ні, ми просто чудово розмовляли, і час пролетів непомітно.

Джессіка кивнула.

— Знайоме відчуття. Тут таке, певне, трапляється регулярно.

Я сів поряд із нею.

— Ти здаєшся щасливою. Вдоволеною.

Джессіка кивнула.

— Не знаю, у чому саме річ. Я просто почуваюся легшою. Саме так...

— Саме таким має здаватися життя? — закінчив я.

Вона погодилася.

— Ага. Скажімо, до сьогодні я сиділа в коробці, не знаючи, як вибратися. Тепер коробка зникла, і мені здається, ніби її взагалі ніколи не було. Я просто думала, що вона є. Так довго переконувала себе в її існуванні, що коробка стала реальною в моїй уяві. Однак тепер її немає.

Джессіка поглянула на мене.

— Ти мене розумієш?

Я кивнув.

— Коли я вперше побував у кафе, то почувався схоже. Просидів у ньому всю ніч. А вранці, коли поїхав, у мене виникло відчуття розуміння. — Я знизав плечима. — Навіть не впевнений, що я знав, що саме зрозумів, але все здавалось яснішим. І, як ти сказала, легшим.

— Це надовго? — спитала Джессіка.

— Почасти мені лячно відчувати це й надалі. Воно здається таким правильним, що, коли зникне... Я знаю, що тоді буде просто жахливо.

Я всміхнувся.

— Поет сказав би, що краще відчути щось і втратити, ніж не відчувати взагалі ніколи. — Я злегка хитнув головою й засміявся. — От тільки я насправді не поет. Тому скажу ось що. Коли я був тут уперше, Кейсі пояснила мені, що це почуття, це знання — це як побачити мапу скарбів і знати, де місце, позначене хрестиком. Один раз побачиш — і завжди знатимеш, що воно є.

— Це добре, — сказала Джессіка. — Так?

Я кивнув.

— Добре… — І завагався.

— Що таке? — спитала вона.

— Це *справді* добре. Ба більше, це чудово, — уже завзятіше додав я. — З кожним новим осяянням людина розуміє, як усе працює насправді. Починає розуміти життя геть інакше. А з кожною пригодою, що відповідає її МІ й великій п'ятірці для життя, бачить життя таким, яким раніше навіть уявити його не могла.

Я знизав плечима.

— Настане така мить, коли буде *дуже* складно згадати, як воно було колись. Коли ти почувалася запротореною в коробку. Коли бачила світ територією обмежень, а не ігровим майданчиком незчисленних можливостей.

— Усе це звучить неймовірно, — промовила Джессіка. — То звідки хвилину тому взявся сумнів?

— Людина, яка пережила цю мить, уже не погодиться на життя в коробці.

— Я не хочу погоджуватися на життя в коробці. Я хочу *цього* відчуття, — захоплено сказала Джессіка.

Я кивнув і всміхнувся.

— Розумію. Утім, тобі важливо дещо зрозуміти. Часом це має певну ціну.

Джессіка запитливо поглянула на мене.

— Яку ціну?

Я ще раз знизав плечима.

— Можу розповісти лише про свій досвід. Я зрозумів, що, коли почав змінюватися, деякі дружні стосунки стали безглуздими. І деякі стосунки в родині теж.

— Чому?

— Ну, я дізнався, що декому я милий у коробці. Це їм знайомо. З такою людиною їм комфортно. Їм потрібен той, хто бачить світ, як вони. Натомість коли я перестав так його бачити, вони відчули загрозу.

— І що сталося?

— Поперваx вони намагалися знову посадити мене в коробку. Помаленьку. Жалілися на несправедливість у світі чи на керівників-падлюк. Або втягували мене в тривалу розмову про трагедію, яку побачили в новинах, чи обговорення свіжих пліток про якусь знаменитість.

— Але ти вже був не такий, — сказала Джессіка.

Я хитнув головою.

— Ні, не такий. Я не хотів підживлювати цю енергетику. Якщо вони хочуть, то нехай. То їхній вибір, і я не збирався їх судити. Мені просто цього не хотілося.

— То що сталося?

— З часом деякі дружні стосунки зійшли нанівець. Те саме сталося з деякими стосунками в родині. Однак я зрозумів: звільнивши це місце, я отримав простір для нових стосунків і зв'язків. Більш відповідних тому, ким я став і ким прагну бути в майбутньому.

Я знизав плечима.

— Вирішив, що краще бути собою й бути щасливим, аніж бути чужою версією себе й застрягнути в нормальності.

Джессіка кивнула.

— Як на мене, добре рішення. Тобі, здається, дуже комфортно бути собою. *Таким* собою.

— Так. Однак зізнаюся, що людям це подобається не завжди.

— Справді?

— Звісно. Я живу інакше. Роблю що хочу й коли хочу. Не маю ані будинку, ані машини. Кожен другий рік десь подорожую. Багатьом людям складно таке зрозуміти. Це їх лякає.

— Як саме?

— Це кидає виклик їхній системі переконань. Відповідно до їхніх уявлень про світ, у свої роки я *мушу* відкладати певну суму на пенсійний рахунок. Мушу мати *таку* машину, жити в *такому* районі, займатися *тим і тим* і перебувати в *таких* стосунках... Тож, якщо це не так, вони почасти спантеличені. Замислюються: «Може, мені теж усе це не потрібно?»

— Чому я тут? — задумливо промовила Джессіка.

Я кивнув.

— Знаю. Це запитання, безумовно, не просто так у меню кафе. Бо ж фактично не має значення, що ти *маєш* чи *мусиш* робити, на думку всіх інших. Це просто загальна думка, яка виходить із того, що *робить* більшість людей. А це часто залежить від того, чого *хотів би* від них якийсь рекламник.

Я всміхнувся.

— Якось так: «Ой, ви жінка, якій тридцять — тридцять п'ять років? Більшість жінок, яким тридцять — тридцять п'ять років, мають роботу, сім'ю, будинок із трьома спальнями та двома санвузлами та їздять на позашляховику. Отже, те саме має бути й у вас».

— Тож ви починаєте жити точно за сценарієм, — промовила Джессіка. — Переходите до цього наперед визначеного життя. Байдуже, скільки вам: двадцять, п'ятдесят, вісімдесят...

— Але є вихід... — додав я й замовк.

— Але є вихід — запитати себе: «Чому я тут?» — сказала Джессіка. — А тоді створити новий сценарій, *свій* сценарій. Такий, що дозволить жити тим життям, якого я хочу. Так, як я хочу.

Я кивнув.

— Це я й дізнався.

Тоді всміхнувся Джессіці.

— Що саме?

Я знизав плечима.

— Часом я замислююся, чи не є це все справжньою метою життя. Це просто велетенська гра, а вся її суть полягає в тому, щоб перевірити: чи можете ви згадати, що треба мати таке життя, якого хочете *ви*. Усвідомити, що насправді ви керуєте цією грою, а не ця гра контролює вас.

— Побудувати власний майданчик, — замислено відповіла Джессіка, — і гратися на ньому стільки, скільки заманеться.

# Розділ 48

— Вони тут! Вони тут!

Емма вибігла з чорного ходу на пісок і радісно сказала:

— Привіт, Софіє! Привіт, Туту!

Я повернувся, щоб побачити, до кого вона звертається.

Емма обіймала маленьку дівчинку й немолоду гавайку.

— Ця дівчинка — Софія. Вона подруга Емми, — пояснила Джессіка. — Я сьогодні вже бачила, як вони гралися разом.

— А хто та жінка?

— Точно не знаю.

Я підвівся. Джессіка теж.

Емма підвела подруг до вогнища.

— Джоне, Джессіко, це мої подруги. Софія та її бабуся. Ми називаємо її бабусею, Туту. Тому що це «бабуся» по-гавайськи.

Я став на коліна, щоб поглянути в очі Софії, і простягнув руку.

— Радий познайомитися, Софіє.

Вона потиснула мені руку.

— Я теж рада, — промовила дівчинка й сором'язливо всміхнулась.

Я підвівся й помінявся місцями з Джессікою. Вона щойно привіталася з Туту. Тепер настала моя черга.

Відчувалося, що Туту багато знає про життя. Очі в неї сяяли, а її енергія була така явна, що здавалося, ніби до неї можна доторкнутися рукою. Якби не окремі сиві пасма в довгому темному волоссі, угадати вік Туту було б майже неможливо. Така сильна була її молодеча енергетика.

— Алоха, Джоне, — промовила вона й тепло мене обняла.

— Алоха, — відповів я.

Коли ми розділились, я всміхнувся їй. Туту піднесла руку й торкнулася моєї щоки.

— Добре, що ти повернувся в кафе, — сказала жінка й усміхнулася у відповідь.

Мені було невідомо, як Туту дізналася, що я вже тут був. Може, Емма розповіла Софії, а Софія розповіла їй. А може, вона просто це знала. Я відчував, що правдиве останнє.

Туту була вдягнена в традиційну гавайську сукню, а Софія смикала за неї. Туту опустила руку й торкнулась її голови.

— Що таке, маленька? — тихо спитала вона.

— Можна подарувати їм квіти зараз? — прошепотіла Софія.

Туту всміхнулася.

— Гадаю, ще мить — і Майк із Кейсі вийдуть. Може, зачекаємо на них, а тоді подаруємо квіти всім?

Софія, променисто всміхаючись, закивала маленькою голівкою.

Майк і Кейсі, наче по команді, з'явилися з кафе, несучи по великій таці з їжею. Вони підійшли до нас.

— Привіт, Софіє. Привіт, Туту, — промовила Кейсі, опинившись ближче.

Поставила тацю та обійняла кожну з них. Те саме зробив Майк.

— У нас *купа* дуже хорошої їжі, — сказала Емма.

Я поглянув на таці. То був справжній бенкет. Свіжий ананас і папая, ціла риба, приготована на грилі, рис у банановому листі...

— Саме те, що потрібно для голодних серферів, — зауважив Майк і всміхнувся.

— Туту, Джессіка сьогодні навчилася кататись на серфі, — пояснила Емма.

— Це ти її навчала? — запитала Туту.

— Ага.

— Ви теж серферка? — спитала Туту Джессіка.

— Вона чудова серферка, — втрутилась Емма. — Це Туту навчила Софію. Це в неї в крові. Саме гавайці винайшли серфінг.

— Справді? — здивовано спитала Джессіка. — Я гадала, що це щось каліфорнійське.

Туту міцно обняла Емму, поцілувала її в маківку й сказала:

— Його винайшли тут. Дуже давно. Гавайці завжди мали тісний зв'язок із водою. — Туту всміхнулася. — Ми ж, як-не-як, живемо на маленьких островах посеред дуже великого океану.

— Туту, а тепер їх можна роздати? — прошепотіла Софія.

Жінка опустила на неї погляд і всміхнулася.

— Так, маленька.

Софія відкрила великий кошик, який принесла Туту. Сягнула всередину й витягнула чудове намисто зі справжніх квітів, а тоді підійшла до Джессіки.

— Алоха, Джессіко. Це тобі. Це лей[1].

Джессіка всміхнулась і стала коліньми на пісок, щоб Софія до неї дотягнулася. Трохи опустила голову, і дівчинка обережно повісила квіти їй на шию.

— Дякую, Софіє, — тихо промовила Джессіка й усміхнулась.

— У нас, у гавайській культурі, зв'язок із душею іншої людини виказують, даруючи їй лей, — пояснила Туту. — Цій традиції понад тисячу років. Так ми виявляємо любов, вдячність, прощення, мир... — Туту всміхнулась. — А також ушановуємо дух життя.

Софія дала по лею кожному з нас.

Вони мали неймовірний запах. Повітря наповнилося солодким ароматом квітів.

— Софіє, Туту, дякую за прекрасні леї, — сказав Майк. — А тепер, може, святкуватимемо з їжею? Хтось голодний?

— Я! — заволала Емма.

— І я! — додала Софія.

— Що ж, тоді, мабуть, почнімо з вас, — відповів Майк і всміхнувся.

---

[1] Лей — традиційний гавайський вінок із квітів, який надягають на шию.

# Розділ 49

Їжа була неймовірна. Ми смакували нею, доки ще могли відкусити хоч шматочок. А тоді Кейсі принесла з кафе кілька подушок, і ми вмостилися довкола вогню. Усі, крім Емми та Софії. Вони гралися разом, будуючи замки з піску та прикрашаючи їх мушлями.

— Кейсі, Майку, це було неймовірно. Дякую, — сказав я.

Кейсі підняла келих і відповіла:

— З поверненням. І дякую, що допоміг на кухні сьогодні вранці.

— А це було лише сьогодні вранці? — запитав я. — Здається, ніби це було дуже давно. День видався просто неймовірний.

Джессіка кивнула.

— І справді якось складно повірити, що це було лише сьогодні вранці. Чомусь здається, ніби це трапилося в минулому житті.

Кейсі всміхнулася.

— Поняття «день» набуває нового змісту, якщо наповнити його значущими подіями, еге ж?

— Так, — задумливо погодилася Джессіка. — Справді.

— То чому ми так не робимо? — додала вона, оглянула всіх присутніх і засміялася. — Чи, якщо точніше, чому *я* так не роблю. Ви всі, здається, уже розібралися з цією частиною життя.

— Джоне, що ти думаєш із цього приводу? — спитав Майк. — У тебе саме закінчується черговий рік щоденних пригод.

Я ненадовго замислився, а тоді відповів:

— Почасти я досяг цього, покінчивши з нескінченним списком справ.

— Що ти маєш на увазі? — спитала Джессіка.

— До перших відвідин кафе я жив дуже клопітно. От тільки проблем мені завдавали справи, якими я насправді не хотів займатися. Мені просто здавалося, що можна розібратися з ними всіма, а тоді нарешті звільнитися. Я міг почати таке життя, якого хочу, просто викресливши всі пункти у своєму списку справ.

— І як це тобі вдалося? — спитав Майк, широко всміхаючись.

Я всміхнувся й собі.

— Мабуть, так кепсько, як тільки можна уявити. Список ніколи не завершувався. Щойно я робив два пункти з нього, додавалися два нові. Обов'язки виникали нескінченною вервечкою.

— Так я почуваюся більшу частину своїх днів, — зізналася Джессіка. — Я приїхала сюди, на цей прекрасний острів, але ніколи цьому не радію. Весь час думаю: якщо присвячувати роботі трішки більше часу, брати щось додому, приходити туди вихідними... урешті-решт, я все надолужу й звільнюся. Тільки так ніколи не буває.

— Всесвіт за тобою стежить, — тихо сказала Кейсі.

— Правильно кажеш, — відповіла Джессіка. — Дуже правильно.

— Всесвіт стежить? — перепитав я.

Джессіка поглянула на Кейсі.

— Продовжуй, — сказала Кейсі. — Ти знаєш.

Наступні кілька хвилин Джессіка пояснювала, що це означає, і розповідала, як вони з Кейсі обговорювали це раніше того дня.

Коли Джессіка закінчила, я кивнув.

— Ніколи не думав про це в такому ключі, але зрозумів, що це щира правда. Якщо витрачати на щось час, цього у вашому житті буде ще більше. Тому важливі речі треба ставити на перше місце. А потім, якщо залишається місце, додавати решту.

Туту стиха засміялася.

— У полінезійському фольклорі є чудовий приклад цього, — зауважила вона. — Історія про дурного моряка та його каное.

— Можна її почути? — спитала Джессіка.

— Ой, а ми можемо станцювати танець? — захоплено спитала Емма.

— Так, можемо? — докинула Софія.

— Я не знала, що ви слухаєте, — сказала Туту, усміхаючись.

— Ми грались *і* слухали, — відповіла Софія.

— Ну, якщо хочете станцювати, знадобиться музика, — мовила Туту й поглянула на Майка.

Той усміхнувся.

— Зараз буду.

Підвівся й потрюхикав до кафе. За кілька хвилин повернувся з укулеле та трьома барабанами.

— Це паху, — пояснив Майк і передав по барабану Джессіці, Кейсі та мені. — Традиційні гавайські барабани.

Я взяв барабан і стукнув по ньому кілька разів.

Майк повернувся до Туту.

— Зробиш нам честь, побудеш оповідачкою?

Вона всміхнулась і кивнула.

— Тоді, гадаю, ми з Софією станцюємо, а ти зіграєш на укулеле, — промовив Майк і вдав, ніби передає укулеле Еммі.

— Ні, — відмовилася вона й захихотіла. — *Ти* грай на укулеле, а *я* станцюю з Софією.

Майк прикинувся здивованим.

— Ой! Так ми й зробимо. Гаразд.

Майк усміхнувся й сів на пісок.

— Добре, мої танцівниці, підходьте ближче, — сказала Туту. — Пам'ятаєте рухи?

Обидві маленькі дівчинки завзято закивали.

— Тоді час для історії про дурного моряка та його каное.

# Розділ 50

Туту повернулася до нас із Джессікою й усміхнулася.

— Мої нові барабанщики, вами керуватиме дуже досвідчена барабанщиця. І дуже досвідчений гравець на укулеле. Вони добре знають цю пісню. Просто робіть, як вони, і веселіться.

Я кивнув. Джессіка поглянула на мене й усміхнулась, а тоді занесла руки над барабаном.

Майк заграв на укулеле. Коли до нього долучилася Кейсі, стиха забивши в такт, почали й ми із Джессікою.

Туту повільно й ритмічно загойдалася під ці звуки. Її стегна ворушилися м'яко, обережно — так, як і належить у грацїйному мистецтві гавайського танцю. Дівчатка, рухаючись поруч із нею, загойдалися так само.

За кілька секунд Туту почала розповідати історію в ритмі музики.

— По річках і океанах,
І від сонця до зірок
Ми пригод собі шукаєм
Без турбот і заморок.

Найперша наша дія,
Великі і малії
Дослідники усього, —
Підготувать каное.

— Це кредо полінезійського шукача пригод, — театрально пояснила Туту й підвела руки до неба.

Кейсі несамовито забила в барабан. Ми з Джессікою почали повторювати за нею. Дівчатка, які до цього супроводили слова Туту повільними рухами рук, тепер танцювали несамовито, піднісши руки до неба.

Туту всміхнулась і знову повільно, ритмічно загойдала стегнами під музику укулеле. Коли наше несамовите биття в барабани сповільнилося, вона провела рукою по грудях

— На світі жив моряк дурний,
Який багато днів
Збирався в мандри, та зібрать
Каное не зумів.

Усе, що хтів узяти,
На березі розклав,
Важливе й непотрібне,
І тут він сплохував.

Весло, спис, дошку, капелюх,
Важливі в мандрах всіх,
Останніми покласти хтів
І відкладав убік.

На березі зібрався люд,
І точно знав усяк,
Хоч звідки він туди прийшов,
Що взяти мав моряк.

«Візьми оце, візьми оце!» —
Кричали йому ті,
Хто в океані не бував
Ніколи у житті.

«Візьми оте, візьми оте!» —
Хтось інший закликав,
Хто лиш хотів усе життя
Пригод або забав.

Цей ґвалт годинами тривав
І не вщухав ніяк,
І прислухався до усіх
Наш дурничок-моряк.

Речей в каное він набрав
Не менш як сто разів,
А того, що любив найбільш,
Покласти не зумів.

«Візьми оце, візьми оце!» —
Гукали знов і знов.
«Візьми оте, візьми оте!» —
Луною крик ішов.

«Це наостанок», — заявив
Моряк про головне
Й тепер свого каное
Ніяк не відштовхне.

«Як бути тут?» — Він засмутивсь,
Що втрапив у капкан,
І все одно не захотів
Ніяк змінити план.

Минали дні і ночі,
Вже зливи почались.
Чи можна у сезон дощів
Відплисти хоч кудись?

УГА-УГА-УГА-УГА
УГА-УГА-УГА-УГА

Майк став наспівувати. Емма й Софія долучилися до нього, корчачи кумедні гримаси, через які вони почали скидатися не на людей, а на вирізьблені тотеми.

Кейсі всміхнулась і позирнула на нас. Кивнула, підказуючи, що варто долучитися до наспіву. Ми так і зробили, голосно сміючись із дівчаток і повторюючи «уга-уга».

Туту голосно й театрально проказала:

— Залютувало небо. Повіяв вітер: у-у-у-у-у-у!

На цих словах Емма й Софія розвернулись одна до одної, швидко вдихнули й дмухнули одна одній в обличчя. А тоді відразу засміялись.

Я зареготав і повернувся до Джессіки. Вона дмухнула мені в обличчя. Я зареготав ще більше.

УГА-УГА-УГА-УГА
УГА-УГА-УГА-УГА

Заспівавши знову, Туту сповільнила ритм, виказуючи голосом глибокий смуток.

— Дощ день за днем періщив,
І бахкав люто грім.
Забулося каное
І мрія разом з ним.

Коли Туту закінчила останню фразу, Емма та Софія, навдивовижу кумедно вибравши час, перестали танцювати, опустили плечі, зробили сумні обличчя й дуже голосно вигукнули:

— Йой-й-й-й-й.

Це було весело. Ми всі засміялися.

Коли «йой-й-й-й-й» стихло, Туту всміхнулась і знову захиталась, заспівавши. Дівчатка почали танцювати.

— Не знав моряк такого:
Збираючись у путь,
Беріть найперше саме те,
Без чого вам не буть.

Тож завше пам'ятайте,
Як цей дурний моряк
У путь не рушив, бо не міг
Зібратися ніяк.

«Що для життя важливо?» —
Питайте повсякчас,
Бо мотлох у пригоди
Не відпускає нас.

# Розділ 51

Кейсі замолотила в барабан, як навіжена, показуючи, що пісня скінчилася. Ми долучилися до неї. Дівчатка знову почали дикі танці, корчачи одна одній кумедні гримаси.

Коли ми закінчили співати, я сміявся так сильно, що подумав, наче в мене ще тиждень болітиме живіт. І в усіх інших, мабуть, теж, бо вони сміялися не менше.

— Я в захваті, — врешті сказала Джессіка. — Це було дуже весело.

Вона поглянула на Емму з Софією.

— Ви були чудові. Звідки ви так добре знали всі ці рухи?

Емма засміялася й заскакала.

— Нас навчила Туту. Це одна з моїх і Софіїних улюблених пісень. Ми весь час репетируємо її з Туту. Так, Софіє?

Софія засміялася.

— УГА-УГА, — сказала вона Еммі й почала повторювати кумедні рухи танцю.

Емма теж засміялась, а тоді вдала, ніби злякалася, і побігла геть. Софія погналася за нею.

— До приходу західних культур у нашій гавайській традиції інформацію передавали за допомогою історій та пісень, — пояснила Туту. — Так люди навчалися.

Вона поглянула на дівчаток.

— Вони пам'ятатимуть цю пісню та її мораль.

— Я теж, — озвалася Джессіка. — Тепер вона здається цілком очевидною.

Туту всміхнулась.

— Отже, це добра історія, яку варто вивчати й передавати іншим.

— А також записати в моїй книжці осяянь, — докинув я й підвівся. — Зараз прийду.

Я попрямував до кафе та зайшов на кухню. Мій рюкзак стояв на полиці. Я взяв його й подався на вихід. А тоді зупинився. Зазирнув у кафе крізь віконце замовлень. Там горіло лише кілька лампочок, але однаково було видно все. Червоні дивани, довгий прилавок, вішак для верхнього одягу під дверима...

Мені раптом пригадалися перші мої відвідини. Сидіти на березі було неймовірно добре. Однак в інтер'єрі кафе було щось магічне.

Особливо зараз, уночі. Я всміхнувся, радіючи, що отримав нагоду відвідати цей заклад. І тепер повернутися до нього.

— Він має особливу енергетику, чи не так?

Я розвернувся. Поряд стояла усміхнена Кейсі. Я не чув, як вона ввійшла.

Я кивнув, а тоді знову повернувся в бік кафе. Зрештою відповів:

— Стоячи тут, я згадую, як сильно змінилося моє життя. Три запитання та одна ніч у випадковому кафе... Де я був би, якби не та ніч? — Я похитав головою. — Важко уявити.

— Ти був готовий, — відповіла Кейсі. — І діяв відповідно до цієї готовності.

Я повернувся і глянув на неї.

— Чомусь я просто знав. Знав, що все вигорить, якщо почну класти у своє каное найважливіші для себе речі. *Як* усе вигорить, я не знав. Просто знав, що так станеться.

— А так і сталося, — додала вона.

Я кивнув.

— До такої міри, що я й помислити про це не міг. — Я трохи помовчав. — Є така річ, як стрибок у невідоме. Можна планувати, можна організовувати, можна думати, можна розмовляти з іншими... А тоді настає мить, коли потрібно просто зробити крок у безодню. А потім усвідомити, що це ніяка не безодня. Уся система, відколи ти прийшов на цю планету, була заточена під те, щоб ти рухався в цьому напрямку. Тебе підтримували, скеровували, заохочували... всю дорогу. Це вигадлива, прекрасно витворена гра, влаштована так, щоб ми досягали успіху, а не зазнавали невдач.

Я всміхнувся.

— Не знаю, чому розповідаю все це. Я знаю, що ти знаєш.

Кейсі всміхнулася й кивнула.

— Так... знаю... Тільки колись не знала, як і всі. Були часи, коли моїм життям правили страхи і турботи, «мусиш» і «повинна», «треба» і «не можна». Однак їх відпускаєш, коли починаєш іти за покликом серця й бачиш, до чого це призводить. Саме так сталося з тобою. І стається з тобою дотепер. Те саме буде і з Джессікою. Коли вона стрибне.

Кейсі поглянула на рюкзак, який я тримав у руці.

— Прийшов по свою книжку осянь?

Я кивнув, а тоді сягнув усередину й дістав її.

— Можна? — спитала Кейсі та простягнула руку.

Я передав їй книжку. Кейсі розгорнула записник навмання. Тоді ще раз. І ще.

— Джоне, чому ти працюєш між роками мандрів? — запитала вона, не випускаючи записника з рук. — Невже це дає змогу реалізуватися так само, як мандри?

Я засміявся.

— Ні. Просто ще не вигадав кращого рішення. Знаючи, що максимум за рік я знову рушу в мандри, легше приходити на роботу, чудово з нею справлятися й не давати їй мене деморалізувати. Я розглядаю роботу як стимул для своїх мандрів, тож вона має мету. Позитивну мету. Знаю, що на світі є дещо краще. Власне кажучи, ми із Джессікою вже про це говорили. Я просто ще не знайшов того кращого. — Я запитливо поглянув на Кейсі. — А чому ти питаєш?

— Ми з Майком говорили. Про тебе, про твої осяяння... У тебе є якісь плани на них?

Я знизав плечима.

— Та ні. Ну, тобто я їх обожнюю. Мало не щовечора перед сном гортаю свій записник. — Я всміхнувся. — Вони нагадують мені, що безодня — це насправді не безодня.

— Чудово оточувати себе перед сном такою енергетикою, — сказала Кейсі.

Я кивнув.

— Так. Пам'ятаю, що колись робив замість цього — до першого візиту сюди. Я закінчував вечір, переглядаючи новини. Або ж читав у мережі про катастрофу дня або випадковий матеріал про знаменитостей чи якесь спортивне змагання. А тоді вимикав світло й кілька годин терпів, поки в голові крутилися думки. Просто знов і знов перебирав подумки проблеми того дня. Або ж розмірковував, як бути з проблемами, що чекатимуть на мене завтра. — Я всміхнувся й злегка мотнув головою. — А ще думав, чому весь час почуваюся таким стомленим.

Кейсі тихо слухала, а коли я договорив, промовила:

— Що ж, як я вже казала, ми з Майком говорили про тебе та твої осяяння. На нашу думку, тобі варто їх опублікувати.

Я замислився над цим. І перестав почуватися таким упевненим, як кілька секунд тому. У голові спалахнули сумніви. Писати щось для себе — це одне. Чи, може, ділитися записами з окремими друзями на їхнє прохання. Проте випускати ці думки у світ, щоб їх бачили й коментували інші люди, — це геть інакша реальність. Ну, тобто хто я такий, щоб розповідати іншим про осяяння в житті?

А тоді, посеред страху та невизначеності, у мене в голові виник образ. Неначе я розгорнув свою книжку осяянь і дивився на одну з її сторінок.

Там було те, до чого я додумався, блукаючи Коста-Рикою під час однієї з найперших своїх поїздок.

*«Можна жити у вірі або в страху, але не в обох водночас»*.

Кейсі всміхнулася й сказала:

— Ти не помилився, коли написав це, і це залишається правдою дотепер. До того ж... хто ти такий, щоб цього *не* робити?

Вона мала рацію. Я знав, у чому полягає правда. Просто набридло *пояснювати*, як багато я знаю про правду. Що стрибок у безодню — це ніякий не стрибок.

Я знизав плечима.

Кейсі знову всміхнулася.

— Джоне, ми хотіли б бути твоїми першими клієнтами. Хотіли б дарувати твою книжку осяянь відвідувачам нашого кафе.

Я вражено поглянув на неї.

— Справді?

Кейсі кивнула.

— Справді.

Щось змінилося. Змінилося дуже швидко. Я відчув безодню. Безкрайній простір невідомості та страху. А тоді безодня раптом зникла. Я неймовірно чітко побачив перед собою шлях.

— Добре, — сказав я, кивнув і всміхнувся. — Добре.

Завдяки цьому невеличкому досвіду я усвідомив, що, попри всі досягнення, ще маю багато чого навчитися.

— Ми всі маємо, — запевнила Кейсі. — Тому ми й тут.

# Розділ 52

Ми з Кейсі повернулися в коло, що оточувало багаття. Майк грав на укулеле, а Туту навчала Джессіку й дівчат нового гавайського танцю.

Вони сміялись і співали. Енергетика була чудова.

— Сторінка п'ятдесят шоста, — сказала мені Кейсі.

Я спантеличено поглянув на неї.

Її погляд перейшов на мою книжку осяянь, яку я тримав у руці. Я швидко її розгорнув. На сторінках раніше не було номерів, а тепер я їх помітив. Охайно набрані, ніби їх там відразу надрукував виробник записника.

Я перевів погляд на Кейсі. Вона знизала плечима, а тоді підморгнула.

— Це тому, що ти збираєшся їх опублікувати, — пояснила Кейсі.

Мені точно ще треба було багато чого навчитись. Я перегорнув на п'ятдесят шосту сторінку.

*«Місце народження не вибирають, зате вибирають місце проживання. Батьків не вибирають, зате вибирають оточення».*

— Не можна завершити пригоду, не змирившись із тим, що означають ці слова, — зауважила Кейсі. — Не дозволивши собі робити такий вибір і йти далі. Не лише буквально, а й емоційно. — Вона кивнула на всіх інших. — Це одна з тих речей, які зараз усвідомлює Джессіка.

— Я вже дізнався, що це і є справжня свобода, — відповів я. — Коли людину не конче обмежують такі обставини, як місце її народження чи умови, у яких вона народилася. Це збагнули всі люди на моєму шляху, хто самостійно писав свою історію й визначав, як йому жити. І саме ці люди, мабуть, насолоджуються життям найбільше.

— Вони самі створили свій майданчик, — додала Кейсі.

Я кивнув.

Ми дійшли до вогнища. Майк догрaв пісню на укулеле, а дівчата попадали на пісок. Вони досі реготали.

Майк побачив, що я тримаю свій записник осяянь, і поглянув на Кейсі.

— Ти йому сказала?

Кейсі кивнула.

Майк поглянув на мене.

— Що думаєш? Ми можемо бути твоїми першими клієнтами?

Я всміхнувся й кивнув.

— Однозначно.

Майк усміхнувся у відповідь.

— Чудово. Може, колись тобі для мандрів уже не буде потрібно на рік повертатися до роботи. Ти зароблятимеш гроші на поїздки, пишучи книжки осяянь.

— Мені подобається ця ідея, — відповів я.

— Один мій друг написав книжку, і її опублікували безліччю різних мов, — докинула Джессіка. — Тепер він їздить і спілкується з читачами в усьому світі. Подорожі мій друг любить не менше, ніж ти. Тепер його мандри оплачують інші, і він від цього в захваті.

— Отож-бо, — сказала Кейсі. — Хтось уже це робить — чому б не зробити й тобі?

— Я тебе з ним познайомлю, — пообіцяла Джессіка.

— О, Всесвіт у дії, — додала Туту. — Чітко визнач, чого хочеш, і так ти ніби надішлеш сигнал у поле чистого потенціалу. Усе миттю стане на свої місця.

# Розділ 53

У моїй голові завирували думки. Де й поділися колишні страхи та невизначеність!

Щоб мені платили за подорожі світом і спілкування з читачами, які любитимуть осяяння так само, як я… Це *було б* чудово. Мене пробрав дрож. Ідея була правильна. Моє тіло щойно це підтвердило. Якщо піду в цьому напрямку, на мене чекатиме велика пригода.

— Можна поглянути на твою книжку? — спитала Туту.

— Звісно, — відповів я й передав їй книжку.

Туту сіла на пісок і почала її гортати. Я сів і собі.

— Як ти, Кокосику?

Майк підійшов туди, де сиділи Емма та Софія. Час був пізній, і після їжі й танців дівчатка вже втомилися. Емма потягнула руки до

Майка. Він підняв її та пригорнув до грудей. Поцілував у маківку.

— Час лягати спати?

Емма хитнула головою.

— Ще ні.

Майк сів на пісок. Донька пригорнулася до нього, притуливши голову до грудей. Софія підійшла до Туту й зробила те саме.

Туту всміхнулася й погладила Софію по голівці.

— Ось твоя книжка, Джоне, — сказала Туту й передала її мені. — Дякую, що дав подивитися.

— Та будь ласка.

— Якщо ти не проти, я можу допомогти, — додала вона. — Тут, на острові, у мене чимало друзів. Серед них і власники деяких готелів. Я вважаю, що твоя книжка дуже незвичайна. Люди залюбки читали б її, сидячи на пляжі, коли є час на роздуми. Я в цьому не впевнена, але, може, дехто з цих власників придбав би такі книжки, щоб роздавати їх відвідувачам.

Я не повірив власним вухам.

— Справді?

Туту всміхнулася.

— Справді. Зв'яжися зі мною, коли матимеш готові примірники, і я тобі допоможу.

Усе сталося дуже швидко. Це мене дивувало, хоч і не мало. Саме це я зрозумів після перших відвідин кафе. Якщо зосередитися на меті, знаючи, що це твій шлях, то допомогу знайдеш повсюди.

— Сторінка сімдесят перша, — сказала Кейсі й усміхнулася.

Я поглянув на неї й розгорнув книжку на сімдесят першій сторінці. Уголос прочитав те, що було там написано.

*«Поглянувши на небо зоряної ночі, можеш побачити менш ніж 0,0000005% зірок у нашій галактиці. А це ж лише наша галактика. У світі є ще щонайменше сто двадцять п'ять мільярдів галактик. Якщо якась керівна сила здатна створити все це, то їй, звісно, до снаги й утілити твою мрію. Проси проводу й ушановуй те, що отримуєш, діючи відповідно до цього».*

Я всміхнувся.

— Це я записав у Африці. Там як ніде добре дивитися на зорі. Чумацький Шлях чітко видно неозброєним оком. А з біноклем можна дивитися на окремі зірки й бачити, як вони пульсують блакитним, червоним, помаранчевим та іншими кольорами. То була моя друга поїздка в Африку, і коли я роздумував, куди помандрувати, хтось згадав, що Намібія просто унікальна й ні на що не схожа. Я ніколи про це не чув. Тому купив путівник Намібією, а коли мене питали, куди я збираюся поїхати наступного разу, казав, що думаю про цю країну. Не минало й тижня, щоб хтось не казав мені, що був чи жив там або має друга, який щойно звідти повернувся... Здавалося, Всесвіт просто стежить і чекає, коли я визначуся. Коли ж я визначився, усі зв'язки миттю оприявнились.

Я всміхнувся.

— Завдяки вам усім, здається, те саме вже відбувається з вашою ідеєю — перетворити мої осяяння на справжню книжку.

Джессіка поглянула на Кейсі.

— Це те, що ти пояснювала мені раніше, так? Саме це ти мала на увазі.

Кейсі кивнула.

— Ми проводимо кожну мить, кожну секунду в полі чистого потенціалу. Усі наші дії, хочемо ми того чи ні, надсилають якісь сигнали. Вони сповіщають поле чистого потенціалу про наші бажання. У такому разі Джон не просто мав низку осяянь. Вони були для нього досить важливі, щоб записати. Це породило певний сигнал. Коли ми спитали, чи можна поглянути на ці осяяння, Джон радо поділився ними. Це також породило сигнал. На думку про те, щоб зробити з них книжку, Джон відреагував позитивно. Знову сигнал. Коли ти сказала про свого друга, який написав книжку й за гроші спілкується з читачами, він теж відреагував позитивно. Ще один сигнал. Ми зголосилися стати його клієнтами, Туту запропонувала допомогти... Усе це сигнали. Всесвіт дуже швидко помічає, як починає формуватися закономірність. І ти отримуєш ще більше того, що явно тебе цікавить.

— Знову, знову, знову забери мене... — стиха наспівала Туту й усміхнулася нам із Джессікою.

— Зрозуміла, — сказала Джессіка. — Якщо мене не влаштовує те, що я отримую, треба надіслати інакший сигнал. Почати класти в каное те, що *справді* має для мене значення.

Вона трохи помовчала.

— Я справді розумію.

Туту всміхнулася.

— Тоді в тебе щойно сталося чи не найважливіше осяяння з можливих.

# Розділ 54

Майк узяв книжку осяянь і тепер швидко її гортав. Він усміхнувся.

— Що означає оце? — запитав Майк і прочитав уголос: — «Це просто машина».

Я завагався, а тоді позирнув на Джессіку, не кажучи нічого.

Майк усміхнувся знову.

— Може, вибрати щось інше?

— Просто... просто... — затнувся я.

Я скоса глянув на Джессіку. Вона, своєю чергою, дивилася на мене.

— Що таке? — запитав Майк.

— Він не хоче мене бентежити, — пояснила Джессіка й сказала мені: — Продовжуй.

— Я просто...

Джессіка засміялася.

— Ти не образиш моїх почуттів. Продовжуй.

Я всміхнувся.

— Гаразд. Є в мене один друг. Щоразу, коли я його бачу, він каже, що хотів би робити те, що роблю я. Дуже хотів би податися в мандри й побачити світ. Коли я вирушаю в якусь подорож, друг завжди каже, що зустрінеться десь зі мною, щоб я його повчив.

— Однак ніколи не зустрічається? — спитала Кейсі.

Я похитав головою.

— Ніколи. А коли я питаю його про це, він каже, що не може відірватися від роботи. Або в нього на носі якийсь великий проєкт. Завжди щось знаходить. І це нормально. Тільки мого друга це дуже бентежить. Він справді хоче поїхати.

— Він може взяти перерву на якийсь час? — запитала Джессіка.

Я заперечно хитнув головою.

— Питав його про це. Проблема в тому, що мій друг витрачає майже всі зароблені кошти. Він бігає по такому собі зачарованому колу, не відкладаючи грошей і не відкриваючи для себе можливостей, а витрачає все, щойно отримує. А потім йому здається, що піти у відпустку неможливо.

— А коли буде про машину? — спитав Майк. Я був цілком певен, що він уже знає відповідь.

— Почасти він застряг на нинішній роботі через машину. Кілька років тому купив розкішну автівку — новісіньку, дуже блискучу й дуже стильну. У ній є всі примочки, які тільки пропонували в автосалоні. Відеоекрани, що допомагають здавати назад, сидіння з підігрівом, навігатор зі світовим покриттям... Краса. Як і його платежі. Додайте страхування та ремонт — і він щомісяця платить майже стільки, скільки я платив за оренду житла. Це все додається до витрат на життя, тож другові здається, що він не може взяти відпустку. Особливо, щоб робити те, чим я займаюся цілий рік. — Я знизав плечима. — Це нормально. Я не засуджую ні його, ні жодну іншу людину в такому становищі. Їхнє життя — їхній вибір. Утім, не думаю, що він усвідомлює, як сильно такий вибір обмежує його свободу вибору в іншому.

— Наприклад, чи поїхати з тобою в мандри, — додала Туту.

Я кивнув.

— Точно. Якби він був фанатом автівок, це була б інша річ. Однак він ним не є. Або якби в нього було безліч можливостей посидіти за кермом, а їх немає. Він живе в місті й повсюди їздить на таксі. Тож автівка просто стоїть на паркувальному місці в гаражі. А за нього він також мусить платити щомісяця.

Я ще раз знизав плечима.

— Мій друг витрачає гроші імпульсивно. Бачить щось, хоче й купує. А за кілька днів чи місяців ця річ губить шарм. Тож користі від неї небагато, а реальна ціна чимала. Якщо чесно, я вважаю, що ця машина в нього, щоб хизуватися. Він намагається зробити заяву *комусь* про *щось*.

— Долучитися до клубу, у якому насправді не хоче перебувати, — сказала Джессіка й поглянула на Кейсі.

Я кивнув.

— Чудово сказано. Я ніколи не думав про це в такому ключі, але так. Гадаю, у його випадку це дуже влучно. Коли я бачив друга востаннє, він знову розповідав, як сильно хотів би збиратися в дорогу, щоб поїхати зі мною в мандри наступного разу. А я знав, що цьому не бувати.

Я всміхнувся.

— Зате, поки він бідкався, у мене сталося чергове осяяння.

— Яке саме? — спитала Джессіка.

— Культура найзавзятіше нав'язує нам думку про зв'язок успіху чи щастя з кількістю грошей у людини чи з тим, якими речами вона володіє. Подорожуючи світом, я зустрічався з багатьма різними людьми. Хтось мав купу грошей, а хтось не мав зовсім. Ті люди навчили мене такого: по-справжньому важлива цінність — це не гроші, а хвилини. Статки — це не погано й не добре. Вони не гарантують ані щастя, ані смутку. І бідність теж. Мене вражає ось що: як у найбідніших, так і в найбагатших регіонах світу є люди, які весь час усміхаються, і люди, які весь час супляться. Тих, хто весь час усміхається, з-поміж іншого, об'єднує триб життя. Вони самі вирішили жити так, щоб щодня багато хвилин проводити за заняттями, які відповідають меті їхнього існування. Відповідають їхньому серцю.

— Джоне, скільки твій друг витрачає на машину? — спитала Кейсі.

— Майже дев'ятсот доларів на місяць. І ще двісті доларів щомісяця на паркування. Усе це — на машину, якою він ніколи не користується. Тобто мій друг не отримує багато чудових хвилин за свої гроші. Якби він півтора року відкладав би щомісяця таку велику суму, то міг би мандрувати світом зі мною — мандрувати *цілий рік*! І це подарувало б йому багато щасливих хвилин.

Я знизав плечима.

— Тож я зробив цей запис у своїй книжці, щоб нагадувати собі: потрібно витрачати ресурси відповідно до того, як насправді хочу жити. — Я поглянув на Джессіку. — Вибач, не хочу тебе ображати. У мене є ще один друг, який *справді* любить машини. Він їздить на класичному кабріолеті 1968 року, і для нього це чудове вкладення. Цей мій друг нестямиться від цієї машини. Їздить на ній усюди. А ще він дуже любить знайомитись, і ця машина — чудовий привід зав'язати розмову, хоч куди він їде. Для нього такий вибір автівки цілком логічний.

Джессіка всміхнулася.

— Та нічого. Ти мене не ображаєш. Так, змушуєш замислитись. Але не ображаєш.

— Насправді річ тут навіть не в автівках, — додав я. — Цей запис у моїй книжці осяянь має нагадувати, що треба витрачати все відповідно до життя, якого хочу насправді. Для мене це життя з подорожами та пригодами. Для когось іншого, може, з чимось геть інакшим.

Я кивнув на Кейсі й усміхнувся.

— Саме цього стосувався один із найважливіших уроків, які я здобув, уперше прийшовши до кафе.

— І яким він був? — запитала Джессіка.

— Дбай, щоб усе мало значення завдяки тому, що *ти* визначаєш це значення. Не тому, що тобі нав'язує цю думку хтось інший.

— Мені це подобається, — сказала Джессіка.

Я кивнув.

— Поїхавши звідси минулого разу, я перестав дивитися на гроші так, як раніше. У мене сталося неабияке прозріння. Я усвідомив, що досить часто витрачаю гроші не відповідно до того, що хочу переживати насправді.

Я всміхнувся.

— Більшість людей подумала б, що в роки роботи я живу не надто розкішно. Я не дуже часто кудись ходжу й небагато купую. А мої річні мандри не здаються шикарними порівняно з люксовими тижневими відпустками.

Я знову всміхнувся.

— Зате в контексті того, що насправді має значення для *мене*... мої роки мандрів — це щось *надзвичайне*. Різні країни, різні культури, цікаві люди, нові пригоди щодня... Мої роки роботи, може, дещо скромніші, зате в роки подорожей я проживаю багацько неймовірних хвилин.

# Розділ 55

Туту погладила Софію по волоссю. Дівчинка міцно спала, поклавши голову їй на коліна.

— Джессіко, у мене для тебе є історія. Хотіла б її почути? Гадаю, вона підкаже, чому ти сьогодні натрапила на кафе.

— Дуже хотіла б, — відповіла Джессіка.

Туту всміхнулась і знову погладила Софію по волоссю.

— Тоді добре. А потім потрібно буде віднести цю малечу додому, у ліжечко. — Туту на мить заплющила очі, а відтак почала: — Джессіко, ти колись бачила туманний ранок? Коли туман такий густий, що за ним майже нічого не видно?

Джессіка кивнула.

— Ця історія саме про такий туман. Уяви гарний великий та старий будинок із широким ґанком. Оточує будинок просторе подвір'я, а подвір'я оточує густий ліс. Від ґанку через подвір'я до лісу веде доріжка. А на ґанку стоїть крісло-гойдалка, з якого добре видно цю доріжку.

Туту поглянула на Джессіку.

— Можеш уявити все це?

Джессіка знову кивнула.

— Мій досвід показує, — вела далі Туту, — що для більшості людей життя схоже на сидіння в цьому кріслі-гойдалці. Тільки визирнувши за поручні на ґанку, вони не бачать ані подвір'я, ані дерев. Зате бачать густий туман. Цей туман містить усі справи, ілюзії та переконання, які людям намагаються нав'язати інші. У цьому тумані — усі їхні сумніви в собі й не тільки, усі їхні страхи. А ще — усі негативні ідеї, які такі люди засвоїли впродовж життя.

І сидять такі люди на ґанку, гойдаючись у цьому кріслі. І думають, що, коли туман раптом розсіється лише на п'ять хвилин і вони побачать доріжку, яка веде до життя, що його хочуть насправді... то підведуться з того крісла, спустяться зі сходів і почнуть саме так жити.

А тоді якось читають наснажливу історію або чують про людину, яка нещодавно справдила давню мрію. Туман розсіюється на п'ять хвилин, неначе розвіяний чарами, і такі люди чітко бачать шлях до життя, якого насправді хочуть. Воно прекрасне та блискуче, кличе до себе. П'ять хвилин вони думають: може, підвестись і піти тим шляхом? Уявляють, яких пригод зазна́ють і як радітимуть.

Однак п'ять хвилин минають, і туман згущується знову. Тож такі люди сунуться в кріслі назад... і гойдаються. Туди-сюди.

З часом люди починають думати: якщо цей туман розсіється лише на *годину* й вони побачать життя, якого хочуть насправді... то підведуться зі свого крісла, спустяться зі сходів і почнуть саме так жити.

А тоді якось переглядають фільм, який особливо сильно надихає, або чують чиюсь неймовірну правдиву історію. Цей меседж просто ідеальний для них. Неначе режисер зазирнув їм у душу або така людина особисто з ним поговорила. І туман розсіюється на годину, і вони чітко бачать шлях до життя, якого насправді хочуть.

Воно прекрасне та блискуче, кличе до себе. Усю цю годину вони думають: може, підвестись і піти тим шляхом? Уявляють, яких пригод зазна́ють і як радітимуть.

Однак година минає, і туман згущується знову. Тож вони сунуться в кріслі назад... і гойдаються. Туди-сюди.

З часом люди починають думати: якщо цей туман розсіється всього на добу й вони побачать життя, якого хочуть насправді, то підведуться зі свого крісла, спустяться зі сходів і почнуть саме так жити.

А тоді якось чують, що в них помер друг. Хороша людина. Така, що добре поводилася з іншими. Надто світла, щоб померти молодою. А туман розсіюється на наступну добу, і вони бачать усе так чітко, як не бачили ще ніколи. Ці люди бачать шлях до життя, якого хочуть насправді, і воно кличе їх, як ніколи, завзято. Воно прекрасне та блискуче. Люди бачать геть усі причини, з яких мають піти цим шляхом, і розуміють хибність усіх аргументів, за допомогою яких колись доводили, що не можуть цього зробити. Упродовж цієї доби люди відчувають потужне бажання заворушитися, стартувати, почати...

Але тоді день закінчується, і туман згущується знову. Тож такі люди сунуться назад у кріслі... і гойдаються. Туди-сюди.

А тоді якось уранці дивляться — і бачать, що туману більше немає. Чекають годину, але туману все одно немає.

Минає день, два дні, а туману все одно ніде немає. Дивлячись за ґанок, такі люди чітко бачать шлях до життя, якого хочуть насправді.

Воно прекрасне та блискуче, кличе їх. Вони уявляють, яких пригод зазнали б і як раділи б, якби тільки пішли цим шляхом. Урешті їм уривається терпець. Цей день настав.

Вони підводяться з крісла, намагаються ступити крок... Однак розуміють, що вже не можуть ходити.

Я поглянув на Джессіку. Вона плакала.

— Ти молода, Джессіко, — тихо заговорила Туту. — Розумна. Талановита. На тебе чекає багато пригод. Але ти маєш відпустити туман.

— Бувають дні, коли він дуже густий, — так само тихо промовила Джессіка крізь сльози. — Сьогодні було *дуже* ясно. Я побула з вами, і туман геть розсіявся.

Джессіка трохи помовчала.

— Однак що станеться, коли він знову згуститься? Коли я більше не бачитиму шляху?

— Усе одно вставай і йди, — відповіла Туту. — Шлях є завжди й чекає, коли ти його побачиш. Часто досить лише першого кроку в невідоме.

— Я не впевнена, — сказала Джессіка.

Туту якусь мить зачекала. У повітрі зависла тиша.

— Джессіко, як далеко ти бачиш у найгустішому тумані, який можеш уявити?

Джессіка завагалася.

Туту кивнула їй.

— На три метри вперед.

— І залишаючись на тому ґанку, ти завжди бачитимеш на ті самі три метри вперед, — відповіла Туту й знову замовкла, тож повітря наповнилося тишею. — А якщо підведешся і ступиш лише крок? Один-єдиний. Як далеко ти бачитимеш?

Джессіка знизала плечима, неначе не розуміла значення цих слів.

— На три метри вперед.

— Так. Але це вже не ті три метри.

Джессіка мовчала.

— Ходи сюди, дитинко, — сказала їй Туту.

Джессіка, як маленька дівчинка, поповзла в піску і врешті опинилася поруч із Туту. Притулилася чолом до її чола й заплакала. Плакала вона доти, доки не виплакала всі сльози.

Туту терпляче чекала, утішаючи Джессіку, як любляча мати втішає дитину. Коли Джессіка перестала плакати, Туту обхопила руками її обличчя й поглянула на неї.

— Коли ти сьогодні ступила той перший крок, перші два метри залишилися такими, якими були завжди. Зате останній метр змінився. Він був новий. І саме там Усесвіт започаткував твій шлях.

Джессіка всміхнулася й витерла зі щік сльози.

— І чому тільки Всесвіт не започаткував його ближче? — спитала вона й засміялася крізь сльози.

Туту злегка хитнула головою й теж усміхнулася.

— Тому що він працює інакше.

# Розділ 56

Ми з Кейсі та Джессікою прибрали речі, що зосталися після луау, і віднесли їх до кухні. Майк і Туту залишилися надворі, тримаючи на руках Емму та Софію.

— Я можу подбати ось про це, — сказав я й почав набирати в раковину води, щоб помити посуд.

Кейсі всміхнулася.

— Та нічого, Джоне. Ти сьогодні дуже нам допоміг. Я все закінчу сама.

— Ти впевнена? — спитав я.

Кейсі кивнула й усміхнулася.

— Упевнена.

Джессіка поклала речі, які несла, і сказала:

— Рада допомогти.

Кейсі злегка хитнула головою і знов усміхнулася.

— Дякую, Джессіко. Але я в нормі. Справді.

Джессіка зазирнула в кафе крізь віконце замовлень. За столиком, де вона сиділа вранці, зостались її діловий костюм, туфлі на високих підборах і сумочка.

— Це наче було мільйон років тому, — невпевнено промовила Джессіка. — Мільйон життів тому.

Вона знову поглянула на Кейсі.

— Усе буде гаразд, — запевнила Кейсі. — Тоді ти ще не знала. А тепер знаєш.

На одній зі стільниць у кухні лежало меню. Джессіка взяла його й перевернула.

Чому ви тут?

Чи граєте ви на своєму майданчику?

Чи є у вас УМО?

Джессіка поглянула на Кейсі.

— Останнє запитання. Ми його так і не обговорили.

Кейсі всміхнулася.

— Ким ти була сьогодні?

— Тобто?

— Ким ти була сьогодні?

Джессіка замислилася на хвильку.

— Коли я приїхала, то була бізнесвумен. — Вона соромливо всміхнулася. — Досить нервовою бізнесвумен. А тоді стала клієнткою дуже незвичайного кафе.

Джессіка ненадовго замовкла.

— На гойдалках я знову стала маленькою дівчинкою. Там, — вона кивнула на океан, — уперше в житті була серферкою.

— А потім? — запитала Кейсі.

Джессіка розсміялася.

— Барабанщицею, танцівницею, ученицею...

— І ким з усіх цих людей ти була *насправді*? — спитала Кейсі.

Джессіка поглянула на неї.

— До сьогодні я сказала б, що лише першою. — Вона трохи помовчала. — Та це було б брехнею. Я — вони всі.

Кейсі всміхнулася.

— Тоді тобі дуже поталанило. У тебе УМО. Устрій множинної особистості. Ти розумієш, що життя багатогранне. І що *ти* теж багатогранна. Ти визнаєш те, що конкретної миті можеш бути барабанщицею, серферкою, ученицею, маленькою дівчинкою чи будь-якою іншою особистістю, яка робить тебе тобою, не схожою ні на кого. А ще ти визнаєш унікальні енергетику та емоції, пов'язані з цим. Ти дозволяєш собі бути всіма особистостями, якими є. Не зачиняти на своєму майданчику жодного атракціону з тих, які дарують тобі усмішку й радість і роблять справжньою собою.

Кейсі знову всміхнулася.

— Часом, щоб розквітали всі «я», достатньо навіть слабенького зв'язку з якоюсь іншою частиною нашої особистості. Одного разу до нас прийшла клієнтка, яка за багато років до того перестала співати. То було чи не найулюбленіше її місце на власному майданчику. Побувавши тут, вона знову почала співати. Лише годину, один вечір на тиждень, у місцевому хорі. Вона казала, що одна година співів робить її кращою мамою, кращою дружиною, кращою працівницею... кращою людиною. Це змінило все.

— Завдяки твоїм словам я почуваюся дуже вільною, — зізналася Джессіка. — Неначе чую те, у що завжди вірила, тільки не могла собі дозволити. Це все я. Серферка, барабанщиця, маленька дівчинка... І всі емоції, пов'язані з цим, теж. Усе це я.

— І, ймовірно, ще сотня інших образів, — додала Кейсі й усміхнулася. Вона простягнула руки, і Джессіка міцно її обняла.

— Дякую, — сказала Джессіка.

— Будь ласка.

Коли вони розійшлися, Джессіка повернулася до мене.

— І тобі дякую, Джоне. Цього ранку, коли я вже зібралася піти, ти підійшов до мого столика й заговорив до мене. Якби ти цього не зробив, я так і не пережила б усього того, що сталося сьогодні.

Цього разу простягнула руки вона. Ми обнялися.

— Радий, що ти сьогодні була тут, — сказав я. — І радий, що зміг допомогти.

# Розділ 57

На кухню прийшли Туту з Майком. Вони несли на руках дівчаток, які досі спали.

Кейсі простягнула руки, і Туту передала їй Софію. Софія притулилася до плеча Кейсі.

— Ми хотіли сказати «алоха»[1], — промовила Туту й усміхнулася. — Гадаю, мені доведеться сказати це за Софію.

Джессіка обняла Туту.

— Алоха. І махало[2]. Дякую за все, чого ти мене сьогодні навчила.

— Може, покатаємося на серфі наступного тижня? — запропонувала Туту. — Трохи побудемо вдвох: ти і я.

Лице Джессіки прояснішло ще більше.

— Справді? Я була б дуже рада.

---

1 «Алоха» гавайською означає як «привіт», так і «бувай», «до побачення».

2 Дякую (*гавайське*).

— Я теж.

Туту повернулася до мене й обняла.

— Алоха, Джоне. Дуже приємно було познайомитися. Нетерпляче чекатиму на твою книжку осянь. А тоді допоможу поширити її на острові.

— Мені теж було дуже приємно познайомитися, — відповів я. — І дякую за пропозицію допомогти. Неодмінно нею скористаюся.

Туту обняла Кейсі з Майком і попрощалася з ними. Кейсі повернула їй Софію.

— Може, провести вас додому? — спитала Кейсі.

Туту заперечно хитнула головою.

— Дуже люб'язно з твого боку, Кейсі, але потреби в цьому немає. — Туту всміхнулась. — Я змалечку ходжу до цього чарівного місця. З нами все буде гаразд.

А тоді Туту вийшла за двері й подалася геть. Джессіка поглянула в бік входу до кафе.

— Піду освіжуся й заберу речі, — сказала вона.

Я провів Джессіку поглядом до столика, де лежали її телефон та інші пожитки.

— Джоне, ти сьогодні дуже їй допоміг, — мовила Кейсі. — Джессіка здається іншою людиною порівняно із собою вранішньою.

— Пам'ятаю, як це, — відповів я й перевів погляд із Кейсі на Майка. — Як сильно можна змінитися, якщо побути трохи в цьому закладі, з вами двома.

Майк усміхнувся й посунув руки, на яких тримав Емму.

— Приємно було побачитися знову, Джоне.

Він простягнув руку. Я потис її й усміхнувся сам.

— Навзаєм. Дякую за всі розмови.

Майк кивнув.

— Кейсі, не проти забрати дещо звідси? Я віднесу цю малечу до ліжка.

Кейсі кивнула.

— Залюбки.

— Алоха, Джоне, — сказав Майк, розвернувся й вийшов через чорний хід.

— Алоха, Майку, — відповів я.

Стало тихо.

— Ходімо до входу, — сказала Кейсі.

Ми вийшли з кухні в залу. Ідучи, я провів рукою по хромових боках стільниці й сидіннях стільців біля стійки із содовою. Мене накрив смуток.

— Ти повернешся, — сказала Кейсі. — Набагато швидше, ніж думаєш.

Я поглянув на неї.

— Якщо я приїду сюди на ве́лику завтра, кафе буде тут?

Кейсі всміхнулася.

— Джоне, це залежить від мільйона різних чинників.

Я знову засумував.

Вона поклала руку мені на плече.

— Коли твоя книжка осяянь буде готова, тримай очі розплющеними. Нам треба буде забрати в тебе замовлення.

Я кивнув.

Тієї миті із вбиральні вийшла Джессіка й попрямувала до нас. Вона перевдягнулася з купальника в діловий костюм. Її волосся було заколоте так само, як тоді, коли Джессіка тільки прийшла в кафе, а на ногах красувалися туфлі на високих підборах.

Коли Джессіка підійшла ближче, у неї задзвонив телефон. Вона зупинилась і сягнула рукою в сумочку.

Я поглянув на Кейсі. Та знизала плечима.

Джессіка дістала телефон із сумочки. Виклик уже був пропущений.

— Хіба не дивовижно? — промовила вона, дивлячись на телефон. — Тепер сигнал нормальний. І купа повідомлень.

Джессіка почала порпатися в телефоні, гортаючи повідомлення. Її обличчя стало напруженим і серйозним.

Я знову подивився на Кейсі.

— Джоне, уже пізно, — зауважила Кейсі. — У тебе ж є велосипед, так? Ти зможеш нормально доїхати звідси додому?

Я кивнув.

— На цих дорогах досить темно, але я їхатиму повільно. У мене все буде гаразд.

Правду кажучи, я не знав достоту, як повернутися додому. Однак вирішив, що зможу з цим розібратися.

— Я тебе підвезу.

Це сказала Джессіка. Вона тримала в руці телефон, але дивилася на мене.

— Я можу підвезти тебе додому.

Я поглянув на неї, жінку в діловому костюмі й на високих підборах.

— Та нічого, Джессіко. Мій велик не надто чистий після тривалої вранішньої поїздки сюди. Та й не скажеш, що твоєю машиною можна перевозити велосипеди. Я не хочу її забрьохати...

Джессіка поглянула на мене та Кейсі й усміхнулася. Де й поділися напруженість та серйозність, які її лице виражало ще кілька секунд тому! Джессіка знову мала ту саму широку усмішку, що випромінювала прекрасну енергетику, — таку, яка була на її обличчі, відколи Джессіка повернулася з гойдалок. Вона вимкнула телефон і закинула його в сумочку.

— Що таке? — спитав я.

— Це просто машина, — сказала Джессіка, і її усмішка стала ще яснішою. — Це просто машина.

# ПРО АВТОРА

Переживши в тридцять три роки подію, що змінила його життя, Джон надихнувся на те, щоб сісти й розповісти історію, викладену в «Кафе на краю світу».

Менш ніж за рік після виходу ця книжка завдяки рекомендаціям читачів розлетілася планетою й тепер надихає людей на всіх континентах, включно з Антарктидою. Згодом вона стала бестселером № 1 на трьох континентах і п'ятиразовим бестселером року. Її перекладено сорока двома мовами.

Відтоді Джон написав інші книжки, серед яких «Життєве сафарі», «Велика п'ятірка для життя», «Велика п'ятірка для життя: продовження», «Прозріння: моменти натхненної думки» та «Новий контакт: третій візит до кафе на краю світу».

Завдяки згаданим книжкам та виступам на телебаченні й радіо Джон зумів у простих, але багатозначних меседжах надихнути мільйони людей жити, як їм хочеться. За цю роботу його вшанували поряд з Опрою Вінфрі, Тоні Роббінсом і Діпаком Чопрою серед ста визначних постатей у галузі лідерства та особистісного розвитку, які надихають найбільше. Це досі бентежить і вражає Джона.

У вільний від писання час Джон часто подорожує світом разом із сім'єю.

Щоб дізнатися більше про Джона чи запитати його про інтерв'ю, відвідайте сайт: www.johnstrelecky.com.

Літературно-художнє видання

Серія «Художня література»

СТРЕЛЕКІ Джон П.
**Повернення до кафе на краю світу**

Провідний редактор *Т. М. Куксова*
Редактор *Є. О. Редько*
Технічний редактор *Д. В. Заболотських*
Дизайнери й верстальники *І. О. Гнідая, В. О. Верхолаз*

Підписано до друку 15.03.2023.
Формат 84x108/32. Ум. друк. арк. 15,96.
Наклад 3000 прим. Зам. № 296.

Термін придатності необмежений

ТОВ «Видавництво "Віват"»,
61037, Україна, м. Харків, вул. Гомоненка, 10.
Свідоцтво ДК 4601 від 20.08.2013.
**Видавництво «Віват» входить до складу ГК «Фактор».**

Придбати книжки за видавничими цінами
та подивитися детальну інформацію про інші видання
можна на сайті vivat-book.com.ua
тел.: 0-800-201-102, e-mail: ishop@vivat.factor.ua

Щодо гуртових постачань і співробітництва звертатися:
тел.: +38 (057) 782-82-20, e-mail: info@vivat.factor.ua

Адреси фірмових магазинів «Книгарня Vivat»:
м. Харків, вул. Квітки-Основ'яненка, 2,
тел.: +38 (057) 341-61-90, e-mail: bookstorevivat@gmail.com
м. Харків, вул. Сумська, 67,
тел.: +38 (057) 782-82-80, e-mail: vivat.sumska@gmail.com
м. Львів, площа Галицька, 12,
тел.: +38 (032) 235-51-77, e-mail: bookvivatlviv@gmail.com
м. Київ, вул. Петра Сагайдачного, 8,
тел.: +38 (044) 338-31-38, email: vivat.kyiv@gmail.com

Видавництво «Віват» у соціальних мережах:
facebook.com/vivat.book.com.ua, instagram.com/vivat_book

Віддруковано згідно з наданим оригінал-макетом
у друкарні «Фактор-Друк»,
61030, Україна, м. Харків, вул. Саратовська, 51,
тел.: +38 (057) 717-53-55

FactorDruk
PRINTING HOUSE